死に戻り王女のやり直し溺愛婚

～君を愛せないと言った軍人公爵様がとろ甘に迫ってきます～

すずね凜

Vanilla文庫

死に戻り王女のやり直し溺愛婚

君を愛せないと言った軍人公爵様がとろ甘に迫ってきます

contents

イラスト／森原八鹿

序章

　十九歳のフレドリカ・ベンディクトは今まさに、焼け落ちる屋敷の火に呑《の》み込まれようとしていた。

「奥様！　どうか、裏口からお逃げください、奥様！」

　執事長のボリスが声を嗄《か》らして呼びかけてくる。

　だが、フレドリカは玄関ロビーから一歩も動けなかった。

　すでにこの国ヒュランデルの首都は、宿敵ニクロ帝国軍の手に落ちていた。そして、屋敷の周りも敵軍に取り囲まれている。逃げ場はもうない。

　残虐なニクロ兵に捕らえられて、屈辱的な扱いを受けることは耐えられない。そのくらいなら、ここで屋敷と共に命を終えようと覚悟していた。

　フレドリカは火の手の回った吹き抜けの天井を、潤んだ水色の目で見上げた。華麗なクリスタルのシャンデリアが、次々炎に包まれ床に落ちていく。破片がキラキラと飛び散る様が、場違いに美しいとすら思った。

火の粉が降りかかり、フレドリカの長いプラチナブロンドがチリチリと焦げる。

フレドリカの脳裏に、これまでの人生が走馬灯のように駆け巡っていく――。


フレドリカは、小国エクヴァルの王家の王女であった。

列国に挟まれたエクヴァル王国は、常に周囲の国々からの侵略の危機に脅かされていた。

そのため、父国王は大国であるヒュランデルと同盟を結ぶべく、まだ五歳だったフレドリカを、涙を呑んで人質としてヒュランデル国へ送り込んだ。

しかし、エクヴァル王国はその直後、強大なニクロ帝国に侵略され、王家は滅んでしまう。エクヴァル王家のたった一人の生き残りになったフレドリカは、七歳の時に厄介払いのように王命で軍人公爵ユリウス・ベンディクトのもとへ嫁がされたのだ。

当時、夫ユリウスは二十歳であった。

祖国も両親も失ったばかりのボロボロのフレドリカからすれば、ユリウスはただただ怖いだけの存在だった。またユリウスも、幼いフレドリカにどう接していいのかわからなかったようだ。毎日泣き暮らすフレドリカを持て余したのか、ユリウスは国境沿いの駐屯地へ赴いたまま、めったに屋敷に戻ってこなくなった。

ユリウスは駐屯地から山のような贈り物をフレドリカに送ってきたが、モノさえ与えておけばいいというような彼の態度に、フレドリカの気持ちはますます冷えていくばかりであった。

フレドリカは誰にも心を開かず、孤独に日々を送っていた。

たまにユリウスが帰還しても、フレドリカは部屋に閉じこもって彼と顔すら合わせようとせず、二人の仲は冷えきったままだった。

フレドリカがあまりに幼かったので、二人の間には夫婦関係もまったくなかった。

しかし――。
十五、十六と、年頃になるにつれ、フレドリカの心の中にユリウスに対する別の感情が生まれてきた。
見上げるような長身に軍人らしく鍛え上げられた肉体、艶やかな黒髪に黒曜石色の瞳の男らしい美貌。態度こそ堅苦しくぶっきらぼうだが、そこに悪意があるようには感じられない。

いつの間にか、フレドリカは彼に淡い思慕を抱くようになったのだ。

だが、その甘酸っぱい気持ちをユリウスにどう伝えればいいのだろうか。二人の間にある大きな溝を、フレドリカは埋める術を知らなかった。

軍人として手柄を立て続けるユリウスは、異例の昇進を果たし、若くして大佐となった。大きな任務を任されるようになり、ユリウスはますます屋敷に戻ることが少なくなってしまう。たまに帰還する彼に対して、フレドリカは相変わらずツンケンした態度を取ってしまい、内心はひどく後悔していた。

フレドリカが十八を迎えようとする頃、ユリウスが駐屯先にアンドレアという名前の愛人を囲っているという噂《うわさ》が流れてきた。ずっと夫婦生活を築いてこなかったとはいえ、フレドリカは大きな衝撃を受けた。このように感情が動かされたのは、祖国と両親を失って以来だったかもしれない。

帰還したユリウスを、フレドリカはやみくもに頭ごなしに問い詰め、二人は口論となってしまう。

ユリウスは最後に、

「君のことを愛しいと思ったことは一度もない！」

と言い捨て、駐屯地へ舞い戻ってしまった。

その一年後、侵略してきたニクロ帝国軍をユリウスは軍を率いて迎えうち、深追いして戦死してしまうのである。

名将を失ったヒュランデル軍は敗走を続け、ついにニクロ帝国軍は首都にまで侵攻した。

王城も陥落し、ニクロ帝国軍は首都中に火を放った。

そしてついに、フレドリカのいるベンディクトの屋敷も燃え上がった――。

髪に顔に、火の粉が降りかかる。

燃え上がった天井がバキバキと不穏な音を立て、今にも崩れ落ちてきそうだ。

フレドリカは天井を見つめたまま、悲痛に思う。

誰にも愛されない、誰も愛さない人生だった。

最後まで喧嘩《けんか》別れで終わってしまった、夫ユリウス。

なぜもっと早く、彼に心を開いて話そうとしなかったのだろう。

夫婦らしいことをなにひとつなさないまま、ユリウスは死に、そして今、自分も最期を迎えようとしている。

激しい音と共に、天井が一気にフレドリカの頭上に崩れてきた。

フレドリカはぎゅっと目を瞑《つむ》り、死の恐怖に耐える。

死にたくない、やり直したい、と、心から願った。

そして——意識は深い闇に呑み込まれていった——。

第一章　死に戻り王女のやり直し人生

「奥方様、奥方様、そろそろお目覚めになりませんと――朝のお支度《したく》を」

どこかで誰かが、コツコツと扉をノックして呼びかけてくる。

「……ん……」

全身が鉛のように重い。瞼《まぶた》がなかなか持ち上がらない。

深い海の底から浮き上がるように、意識がゆっくりと戻ってきた。

「奥様？　ご気分でもお悪いのですか？」

気遣わしげな声は、執事長のボリスのものだ。

「!?」

フレドリカはぱちっと目を開けた。

下ろした天蓋幕の隙間から、かすかに日の光が差し込んでいる。いつものベッドの上に横たわっていた。

「えっ……？」

驚きと共に起き上がると、さっと天蓋幕を引き開けた。

自分の部屋の中だった。

カーテンを下ろした窓の向こうから、小鳥の囀《さえず》りが聞こえてくる。慌ててベッドを下り、椅子《いす》に掛けてあったガウンを羽織って、暖炉の上の振り子時計を見た。

早朝の六時。いつもボリスが起こしにくる時間だ。

「なに？　どういうこと？」

狼狽《うろた》えて、立ち尽くす。自分は焼き討ちにあった屋敷で、命を落としたのではなかったのか？

まだ炎に焼かれる衝撃が、ありありと身の内に残っている。

どういう状況か理解できず、両手で我が身を抱えるようにして立ち尽くしていた。

フレドリカの様子がおかしいと感じたのか、ボリスがゆっくりと扉を開けた。

「奥方様？　ドアを開けてもよろしゅうございますか？」

フレドリカはハッとして、慌ててガウンの前を閉じ合わせた。

白髪で長い髭《ひげ》をたくわえたボリスが、心配そうな顔でこちらを見る。彼は少し足が悪いので、いつも杖《つえ》を手にしている。

「お顔の色が悪うございますね？」

フレドリカはごくりと生唾を呑み込むと、できるだけさりげなく言う。

「あ、あの……ボリス、きょ、今日は何年の何月何日だった、かしら？」

ボリスは一瞬、きょとんとした顔になるが、すぐに落ち着いた声で答えた。

「ヒュランデル十五年の、四月二十日でございます。明日は、ご主人様が三年ぶりに休暇で、駐屯地からお戻りになりますよ」

「!!　……なんですって？」

思わず声が裏返った。

「え？」

ボリスが不審そうな表情になったので、慌てて取り繕う。

「あ、ああ、そうだったわね。わ、私、寝ぼけていたみたい。顔を洗いますから、その後で身支度の侍女たちを呼んでちょうだい」

「かしこまりました」

ボリスは恭しく一礼すると、退出していった。

扉が閉まるや否や、フレドリカは素早く洗面所に飛び込んだ。

鏡に映る姿をまじまじと見た。

艶やかなプラチナブロンド、ぱっちりとした水色の目、色白で整った顔立ち、ほっそりとした肢体――。

「ヒュランデル十五年……ですって？」

十八歳の自分がそこにいた。

フレドリカはそっと自分の頬や唇に触れてみる。

温かく確かに生きている感触があった。

「嘘《うそ》……こんなこと……！」

もしかしたら、自分はまだ死の淵《ふち》にいて、最期に都合のいい幻影を見ているのか。ならば、そんな虚しい夢想などすぐに終わって欲しい。

洗面器に張られた水を両手に掬《すく》い、ばしゃばしゃと顔を洗う。冷たい。

顔を上げると、鏡の中から変わらず十八歳の自分がこちらを見返していた。

呆然《ぼうぜん》としていると、侍女が扉をノックして声をかけてきた。

「奥方様、朝のお支度に参りました」

「あ、はい──」

フレドリカ付きの侍女たちが入室してきて、普段の朝と同じように身支度を始めた。

朝のドレスに着替え、髪を結ってもらい、食堂に導かれる。

朝日の差し込む明るい食堂、お気に入りの紅茶、焼きたての白パン、ベーコンエッグ。

食欲をそそる香りに、お腹が空いていることを自覚する。それは間違いなく、生きているという証であった。

ゆっくりと紅茶を飲み、ゆるゆると食事を進めていくうちに、次第に止まっていた思考が動き出した。

信じられないことだが、あの死の瞬間から、自分は十八歳の頃に生き返ってしまったらしい。

生きている奇跡に、一瞬気持ちが沸き立った。

しかしすぐに、一年後には自分が死ぬことに思い至った。

一年後——。

このまま生前と同じ人生を歩んだら、再び凄惨《せいさん》な死を迎えるしかない。

それだけは嫌だ。それだけは絶対に回避したい。

フレドリカの生前の記憶によれば、明日、ユリウスが休暇で帰還した際に、侍女たちの噂話から聞き込んだ夫の浮気話を持ち出し、夫婦で口論となってしまう。ユリウスは早々に休暇を切り上げて駐屯地へ舞い戻る。その後、ニクロ帝国軍が侵攻してきて、迎えうったユリウスは戦死、そのまま、なし崩しにこの国は侵略されてしまうのだ。

おそらく、明日がフレドリカの人生の分岐点なのだ。

同じ過ちは繰り返したくない。それには、優れた武人であるユリウスを死なせてはならない。

どうすればいいのだろう。

ぼんやりと考え込んでいると、ボリスが食堂に現れた。

彼は、先代からこの屋敷に仕えている古参だ。主のユリウスが不在の間は、彼が中心になって屋敷を取り仕切っている。これまで、女主人であるはずのフレドリカは、ベンディクト家のことにまったく無関心で、家のことはボリス任せだった。

ボリスが控えめに切り出す。

「奥方様、本日はいかがなされますか？　お部屋に閉じこもってばかりいると不健康ですので、せめてお庭をお散歩なさるとよろしいのではないでしょうか？」

以前のフレドリカはボリスの忠告など、聞く耳を持たなかった。それどころか、屋敷の誰とも必要最低限の会話しかしてこなかった。

しかしこれからは、屋敷やユリウスのことを熟知しているボリスとは懇意になるべきだ。

「そうね……そうしようかしら」

「え？　なんとおおせで？」

ボリスが驚いたように目を瞠《みは》った。あまりに意外な答えだったのだろう。

以前の自分の意固地な態度を思い出し、フレドリカは顔に血が上るのを感じた。プイッと顔を背け、口早に言った。

「散歩をすると、言ったのです」

ボリスが顔を綻ばせた。

「そうですか、それはよろしゅうございます。では、侍女たちに日傘や飲み物の用意を申し付けておきます――では」

彼が頭を下げて退出しようとしたので、フレドリカは慌てて声をかけた。

「ボリス、あの方が戻られるのは明日ですよね？」

ボリスは足を止めて、振り返る。

「はい、ご主人様は明日の午後にお帰りになられます――それが？」

彼がこちらの表情を探るような目をする。フレドリカは意を決して、背けた顔をまっすぐボリスに向けた。

「あの方をお出迎えします。そのための支度を、侍女たちに指示してください」

「――は？」

ボリスが唖然《あぜん》としたように声を失う。

当然だろう。

七歳でこの屋敷に嫁いで以来、ユリウスを出迎えに現れたことなど一度もなかったからだ。だが、今のフレドリカは切実だった。

休暇明けに、ユリウスを駐屯地へ帰してはならない。

彼を引き止め、屋敷にとどめ、彼を死の運命から引き離さねばならない。ユリウスを生かさねば、自分にもこの国にも滅びの運命が待っている。

そのためには、拗《こじ》れた夫婦関係を少しでも修復しなければならない。

結婚して十年以上経つが、フレドリカはユリウスのことをほとんど知らなかった。知ろうともしなかった。

人生をやり直すということは、ユリウスとの夫婦関係も修復するということだ。

ユリウスの命を救い、ひいてはこの国を救い、自分の未来を切り拓《ひら》く――。

今度こそ、後悔しない人生を送りたい。

フレドリカは切実にそう思った。

「か、かしこまりました！　さぞご主人様もお喜びになられることでしょう」

普段は冷静なボリスが、声を弾ませた。

「そんな――あの方が私の出迎えを喜ぶことなんてないわ」

フレドリカは小声でつぶやく。

ユリウスは王命で、二十歳の時に七歳の亡国の王女を妻に押し付けられたのだ。ほんとうはこんな結婚は彼の本意ではなかっただろう。今さら、フレドリカのことを気にするはずもない。

それでも、できる限り行動するしかない。

「いえいえ、とんでもございません、ご主人様はどんなにこの日を――」

言いかけて、ボリスはふいに口を噤《つぐ》んだ。

そして深々と一礼した。

「早速手配をいたします。どうぞごゆるりとお食事をなさいませ」

ボリスが退出する。慣れない会話に、喉がカラカラになってしまった。お茶を一口飲み、ほうっと息を吐いた。


運命の日。

ベンディクト屋敷の中はいつになくざわついている。

これまでずっと部屋に閉じこもってばかりいたフレドリカが、初めてユリウスの帰還を出迎えるということで、早朝から使用人たちは活気付いていた。

「奥様、ドレスはどれがようございましょうね？　フリルをたっぷりあしらったこちらのデザインも、少し襟ぐりを深くした色っぽいこちらのデザインもお似合いでございますよ」

「お色は何がよいでしょうね？　清楚《せいそ》な白もよろしいし、艶やかな赤も、明るい黄色も、爽《さわ》やかな青もようございます。奥様は色白でいらっしゃるので、どの色も映えますわ」

「髪は少し大人っぽく結い上げましょうか」

「お化粧もなさると、一段とお美しくなりますわ」

これまではほとんど声をかけてこなかったお付きの侍女たちが、目を輝かせて話しかけてくる。

彼女たちにずっと気を使わせていたのだな、とフレドリカは思い知らされた。

「あの——あなたたちがいいように支度してくれていいのよ」

フレドリカの答えに、侍女たちのテンションはますます上がった。

そもそも、着飾ってユリウスを出迎えたことなど一度もない。彼の好みの装いなど、フレドリカは知らないのだ。

午前中かけて、侍女たちはフレドリカの支度に全力を注いだ。

午後、ボリスが化粧室の扉の向こうから声をかけてきた。

「そろそろご主人様がご到着されるお時間です。お支度はできましたか？」

フレドリカは姿見の中の自分をまじまじと見る。

上質のオーガンジーに繊細なレースをたっぷりと使った薄紅色のドレスは、フレドリカのほっそりした身体をぴったりと包み込んでいた。ドレスの色に合わせたルビーの装飾品も艶やかだ。長いプラチナブロンドは高く頭の上に結い上げ、まだあどけなさの残るフレドリカの美貌を少し大人っぽく引き立てていた。だが、この装いでいいものか自分には判断できなかった。

侍女に手を取られ戸口の前まで行き、扉を開かせる。そこに立っていたボリスに自信なげに声をかけた。

「これで、いいかしら？」

ボリスはしばらく無言でいた。侍女たちが精魂込めて支度してくれたが、失敗だったのか。フレドリカはしゅんとしてしまう。

「に、似合わなかった？」

ボリスがハッとして首を大きく横に振った。

「とんでもございません！　あまりのお美しさに言葉を失ってしまったのでございます。ご主人様もさぞや驚かれることでしょう」

手放しで褒められたが、まだ信じられない。当のユリウスが気に入ってくれなければ、元も子もないのだ。

フレドリカは玄関ロビーまで出ると、そこで深呼吸を繰り返した。屋敷の使用人たちは、フレドリカの背後に整然と並んだ。

程なく、玄関先に馬車が停まる気配がした。

玄関扉の外で、侍従が声をかけてくる。

「ご主人様のお帰りです」

ボリスが進み出て、フリドリカに軽くうなずいてから、扉をゆっくりと開いた。脈動がにわかに速まる。

そこに――ユリウスが立っていた。

「――！」

始め、逆光のせいで相手の姿がよく見えなかった。しかし、徐々に焦点が合う。

見上げるような長身、すらりとしているが鍛え上げられた肉体を青い軍服に包み、腰のサッシュには銀のサーベルを差していた。軍人らしく背筋をシャキッと伸ばし、見惚《みと》れるほど格好がいい。

サラサラした短めの黒髪に涼やかな目元と黒曜石色の瞳、目鼻立ちの整った野生的な美貌――自分の夫はこんなにも美麗だったのか。

フレドリカは息を詰めてユリウスを凝視していた。

心臓がドキドキ高鳴る。

ユリウスは、よもやフレドリカが出迎えにいるとは思っていなかったようだ。

目を見開き、その場に固まっている。

フレドリカも同じように硬直していた。

気まずい沈黙の空気が流れる。

ボリスが気を利かせ、脇で軽く咳払《せきばら》いした。

フレドリカは、ハッと我に返る。

息を深く吸い、声をかける。

「お、お帰りなさいませ、だ、旦那様」

声が少し震えてしまった。

ユリウスが表情を動かし、答えた。

「――まさか、君が出迎えてくれるなんて――」

ほんとうに意外そうな彼に、フレドリカの頬がほんのり桜色に染まる。

「つ、妻ですから……」

ユリウスの口元がわずかに緩んだような気がした。彼はすっと屋敷の中に足を踏み入れ、フレドリカの前に立った。初めて出会った七歳の時には、巨人のように大きな男だと怯《おび》えたものだ。あれから、このように間近に立たれたことはなかった。フレドリカが成長したとはいえ、やはり見上げるように背が高い。でも、かつてほどの威圧は感じない。

「ただいま、フレドリカ」

深いコントラバスの声に名前を呼ばれ、背中がぞくりと震えた。

この人の声は、こんなに艶めいていただろうか？

ユリウスが長身を屈め、顔を寄せてきた。

彼が身に纏《まと》う、爽やかなシトラス系のオーデコロンの香りが鼻腔《びこう》を擽《くすぐ》る。

あっと思った時には、ユリウスの唇が額に触れていた。それは一瞬触れて、すぐに離れた。

「っ……」

生まれて初めての、ユリウスからの口づけ。

触れられた額が、燃えるように熱くなる。

みるみる顔が真っ赤になるのを感じた。

ユリウスが赤面しているフレドリカを見て、微苦笑のようなものを浮かべた。

「出迎え、ご苦労だ。フレドリカ」

名前を呼ばれるたびに、うなじのあたりに甘く痺《しび》れる感覚が走った。

「妻ですから……」

気の利いた言葉が何も思い浮かばず、同じフレーズを繰り返すことしかできない。

ユリウスは脱いだ上着とサーベルをボリスに手渡しながら、少し揶揄《からか》うような口調で言う。

「では、今日の晩餐《ばんさん》は妻として同席してもらえるのかな？」

この屋敷に嫁いで以来、ユリウスと食事を共にしたことはない。たまに彼が帰還しても、フレドリカは頑なに自室で食事をとり続けていたのだ。だがこれからは、ユリウスの人となりを知るためにも、できるだけ生活を共にするべきだ。

「は、はい……」

「そうか、ではボリス、晩餐《ばんさん》のメニューは奥様が好きなものを出してくれ」

ユリウスの言葉にボリスはうなずいた。

「かしこまりました」

「フレドリカ、私は身支度をし少し休むので、また晩餐の時間に会おう」

ユリウスは軽く右手を振ると、自室のある二階へ中央階段を上がって行ってしまった。

背中が広い。ユリウスの姿が見えなくなると、どっと緊張感がほぐれる。

「ふー……」

大きなため息が漏れた。

「奥方様、ようございましたね。ご主人様も大変喜ばれたご様子です」

ボリスがほくほく顔で声をかけてくるが、フレドリカにはユリウスが喜んでいるのかどうか、まったく判断できなかった。

「――お庭のお散歩の支度もできておりますが、お出になりますか？」

「そ、そうね……少し運動も必要ね」

散歩でもしながら、これからユリウスとどう付き合っていくかをゆっくり考えよう。


ユリウスはシャツとトラウザーズのラフな格好になると、自室の書斎の椅子に深々と背をもたせかけた。

「ふう」

やっと緊張がほぐれ、大きなため息が漏れた。

まさかフレドリカが出迎えてくれるなど、思いもしなかった。

彼女が七歳でこの屋敷に嫁いできてから、顔を合わせたことも会話したことも、数えるほどしかなかった。

初めてフレドリカと出会った時、彼女は祖国も両親も失った直後で、泣きじゃくってばかりいた。幼い彼女は、十三歳も年上の男との結婚など恐怖でしかなかったのだろう。ユリウスは取り付く島もなかった。腫《は》れ物を扱うような態度しか取れなかったのだ。

それ以来十年以上ずっと、フレドリカはユリウスに心を閉ざしてきた。

厳格な軍人の家に育ち、武人として生きることだけを強いられてきたユリウスには、女性経験も皆無だった。ましてや、少女の繊細な気持ちを理解する術などなかった。国王からフレドリカとの結婚を命じられた時にも、忠誠心で承諾したのだ。

初めのうちこそ、フレドリカに近づこうと不器用ながら努力してみたが、ことごとく拒絶され、次第に諦めてしまった。彼はフレドリカに接することから逃げるように、駐屯地にとどまってひたすら軍務に励んできた。

三年ぶりに休暇を取り帰郷した時に、ユリウスの頭の中には、怯えている幼いフレドリカのイメージしかなかった。

だから――。

玄関の扉を開けた瞬間、そこに立っていた初々《ういうい》しく嫋《たお》やかな美女がフレドリカであると、なかなか認識できなかった。

「お帰りなさいませ、旦那様」

鈴を転がすような澄んだソプラノの声に、胸が疼《うず》いた。彼女の声を初めて聞いたような感動を覚える。白桃のような頬を染めて恥じらうそぶりは、清楚な中にほのかな大人の女性の艶も感じられ、心臓が鷲摑《わしづか》みにされた。

わずか三年で、フレドリカは匂い立つような乙女に成長していたのだ。

そして、その三年の間に何があったのか、初めてユリウスを出迎えてくれた。正直、一瞬だけその変わり様に、不信感を抱いたことも否めない。あれほどユリウスを嫌い、顔を見ることすら拒んでいたのに。どういう風の吹き回しだろう。

だが、ぎこちなく顔を真っ赤に染めながら、

「妻ですから」

と答える初心《うぶ》な姿に、胸がきゅっと甘く疼いた。

彼女は自分の妻なのだ。

あの時、やっとそのことを自覚した。

思わず、彼女に触れてみたいという欲求が込み上げ、額に口づけしていた。フレドリカが身に纏う甘い花のフレグランスの香りに、思いがけなくも下腹部がざわついてしまった。

息を詰め身体を硬くして口づけを受ける姿は、とても愛らしくあどけなく、そのほっそ

りした身体を抱きしめたい、と渇望してしまった。

だが、そんな内心の葛藤《かっとう》と裏腹に、軍人としての矜持《きょうじ》がかろうじて堅苦しい態度を維持させたのだ。

内庭の方から、さんざめく侍女たちの笑い声がかすかに聞こえてきた。この屋敷で、侍女たちがあんなふうに浮き立った様子を見せたことはなかった。

ユリウスは椅子から立ち上がると、窓際に近づいた。

窓越しに内庭を見下ろすと、フレドリカがお付きの侍女たちを従え、庭をそぞろ歩いていた。

出迎えた時の豪奢《ごうしゃ》な薄紅色のドレスから、軽やかな水色のドレスに着替えていて、その格好もまたよく似合っていた。

彼女が部屋の外に出ることなど、これまであったろうか。

穏やかな日差しがフレドリカの顔に降り注ぎ、頬をほんのり染めている。そよ風に、プラチナブロンドの後毛がなびいている。まるで一幅《いっぷく》の絵のように美しい。

日傘を差し掛けている侍女が、何かフレドリカに話しかけた。

フレドリカは控えめに受け答えしている。

と、色とりどりの花が咲き乱れる花壇から、小鳥が飛び立った。

フレドリカは小鳥を指差し、嬉《うれ》しげに微笑《ほほえ》んだ。

彼女の笑顔を初めて見た。

あんなにも華やかに笑う人だったのか。まだあどけなさが残る面立ちに、時折見せるほのかな色気はどきりとするほど魅力的だ。

ユリウスは瞬きもせずフレドリカを見つめていた。

あの笑顔を独《ひと》り占めしたい、透き通るような白い肌や嫋やかな肢体に触れて抱きしめたい、と、感情が掻《か》き乱された。

ずっと自分の妻だったのに、それは叶《かな》わなかった。

今日初めて、ユリウスはフレドリカを女性として強く意識したのだった。


晩餐のための支度に少し手間取ってしまった。

出迎えた時とは打って変わって、濃紺でとろりとしたベルベット素材の夜用のドレスに着替えた。こんな大人びたドレスは無理だと選んだ侍女たちに遠慮がちに告げたが、誰もが絶対に似合うと請け合い、ユリウスが気に入るはずだと説得され、仕方なくそれに着替えた。袖なしで襟ぐりが深くて、まろやかな胸の谷間が露わになり、気恥ずかしく堪らない。こんな色っぽいドレスを着るのは生まれて初めてだ。

侍女に手を引かれて食堂に向かいながら、今日はなんて生まれて初めてが多いのだろうと気が付き、苦笑してしまう。

文字通り、死に戻りの人生なのだから初めてのことだらけには違いない。

装いのことばかりではなく、ユリウスに対する揺れ動く感情も未知の経験だった。

この甘酸っぱい気持ちの正体がなんなのか、まったくわからないでいた。まだユリウスの人となりを、把握できていないためだろうと解釈した。

食堂に入ると、先に席に着いていたユリウスが、素早く立ち上がった。

彼は軍服ではなく濃紺のジュストコール姿で、偶然なのだろうが夫婦で同じ色合いの服装になったことに、互いに気が付いた。

「あ」

「あ」

同時に小さく声が出た。

ユリウスは一瞬狼狽えるように美麗な黒曜石色の瞳を泳がせたが、すぐに落ち着いた態度に戻り、フレドリカのために椅子を引いてくれた。

「どうぞ、座って」

「あ、ありがとう、ございます……」

異性に椅子を引いてもらったことなどないので、ぎくしゃくと腰を下ろす。

ユリウスはテーブルを回ってフレドリカの対面に着席した。

こんなふうに向かい合わせで食事をするのも初めてで、二人は互いに言葉を探すように押し黙っていた。

ほどなく給仕が前菜を運んでくる。

ユリウスが命じた通り、フレドリカの好物のサーモンの燻製《くんせい》が出された。

「いただきなさい」

ユリウスがナイフとフォークを取り、小声で促した。

「はい」

フレドリカも小声で返し、食事を始めた。

しばらく無言で食事が進む。ぎこちない雰囲気が続く。

次に給仕が、アサリのスープとスズキのムニエルを配膳した。

手を動かしながら、ユリウスがさりげなく言う。

「あなたは——魚が好きなのか？」

フレドリカはうなずいた。

「はい……」

「そうか。実はね、私も魚が好物だ。特に、ニジマスのクリーム煮に目がなくてね」

共通の食べ物の話になったので、フレドリカの口が緩んだ。

「ニジマスも美味ですよね。川魚は淡白なので、濃厚なソースによく合うと思います」

「その通りだ。駐屯地では野営訓練も多い。川で魚を釣って食料調達をしても、塩で焼くくらいしか調理法がないので、なんとも味気なくてね」

「野営というのは、屋外で寝泊まりするということですか？」

「そうだよ。雨の日など、寝袋にくるまって木の下で立ったまま眠ったりするんだ」

「まあ——立ったままですか」

「そうだよ。強行軍の時に備えて、馬上で短時間眠る訓練もするんだ」

　フレドリカはこれまで、ユリウスの仕事の内容などまったく関心がなかった。敵と戦うだけではなく、普段から非常事態に備えてそのように鍛錬をしているのだと、初めて知る。

　生き返る前の人生では、ユリウスは戦死してしまうのだ。文字通り、命懸けの仕事なのだとやっと理解できた。この先は、なんとしてもユリウスに命を落とさせてはならない。

「その——旦那様はお偉い地位の方ですから、そういう訓練には出なくてもよいのではないですか？」

　彼が戦場になるだけ出ないように、それとなく仄《ほの》めかしてみた。すると、ユリウスがわずかに表情を厳しくする。

「いや、上官こそが進んで泥土にまみれて先頭に立つべきなのだ。兵士たちから全幅の信頼を得なければ、彼らは命を預けて戦ってくれぬ」

　ユリウスの気持ちの込もった強い言葉に、フレドリカは心打たれた。この人は、自分の仕事に高い誇りを持っているのだ。

「すみません……無神経なことを言いました」

しゅんとしてうつむいて謝ると、ユリウスは慌てたように口調を和らげた。

「いや、怒っているわけではない。その、あなたが私の仕事に興味を持ってくれたので、つい調子に乗ってしまった。怯えさせてしまったか？」

フレドリカは顔を上げ、おずおずとユリウスを見た。

気遣わしげにまっすぐにこちらを見つめている黒曜石色の瞳と視線が合い、ドキマギしてしまう。

「い、いいえ。私、旦那様のお仕事のことも、何も知らなくて……これではいけないと、反省しているんです。これからは、もっと旦那様のことを知ろうと思います」

ユリウスの目元がわずかに赤らんだように見えた。

「もっと知りたければ、話すが？」

フレドリカはこくんとうなずいた。正直、未知の世界の話にはとても心惹《こころひ》かれたのだ。

「そうだな。では、駐屯地での日頃の様子などから、話すとするか」

「はい」

ユリウスは饒舌《じょうぜつ》ではないが、わかりやすい語り口にはとても好感が持てた。

フレドリカはついつい、ユリウスの話に引き込まれてしまった。

聴き惚《ほ》れていると、いつの間にかデザートになっていた。

フレドリカの好物のチョコレートのムースに、リンゴのコンポートが皿にのっている。

ユリウスはリンゴのコンポートにナイフを入れながら、少し声を弾ませた。

「私はこのリンゴのコンポートが好物でね。特に、うちの領地で採れるリンゴは、この地方の特上品だ。これで作るコンポートは格別に美味だ。帰還してこれを食べるのが、とても楽しみなんだ」

無骨な男性が果物のコンポートが好きだというギャップに、フレドリカは胸がきゅんと甘く疼いた。フレドリカ自身は、果物を煮た菓子は苦手でこれまで避けてきた。だが、ユリウスがあまりに美味《おい》しそうに食べているので、恐る恐るリンゴのコンポートを口にしてみた。少し甘酸っぱくてシャキ感の残ったコンポートは絶妙に美味で、大人の味がした。

「美味しい……」

思わずつぶやくと、ユリウスが目を細めた。

「そうだろう？　おかわりするといい。ああ、私の分をやろうか」

彼は自分の皿のリンゴのコンポートを、フレドリカの皿にのせた。

「あ……ありがとうございます」

ごく自然にシェアされたので、驚く。これまで、自分の部屋でずっと孤食を続けていたので、誰かと食事を分かち合うなどしたことがなかった。

ユリウスはチョコレートのムースを少量口にし、目を丸くした。

「ふむ。私は実はチョコレートが苦手でね、これまで口にしてこなかったのだが、このムースはいけるな。あなたの好物は、全部美味だ」

フレドリカは思わず顔が綻んだ。

「そうですか？　今度は、旦那様の好物を教えてくださいね」

ユリウスが目を瞬く。

「あなたは――笑うと、周囲が花が開いたようにパッと明るくなるな」

「え……」

褒められて、心臓がドキドキ高鳴ってしまう。

「……旦那様こそ、とても話がお上手で、聞き入ってしまいました」

「そ、そうか？　無骨者で、女性を喜ばせる会話など苦手だと思っていたが」

締めのコーヒーを飲む間、二人の間の会話が途切れた。だが、それは心地よい沈黙だった。

食事が終わっても、ユリウスはなかなか席を立とうとしない。フレドリカは間がもたず、テーブルの上に畳んだナプキンをもじもじいじっていた。

ふいにユリウスが意を決したように顔を上げる。

「今夜――寝室に行ってもよいか？」

低い声でそう言われても、フレドリカは初め言葉の意味が頭によく入ってこなかった。

しばらくして、やっとユリウスの意図に気が付く。

夫婦関係を持ちたい、という意味だ。

「え――」

これまで、一度もユリウスとベッドを共にしたことはない。もちろん肉体関係などなく、フレドリカは結婚しても、未だ処女のままであった。

脈動がにわかに速まり、全身が熱くなる。

「そ、それは……」

声が震えた。

ふいにユリウスが右手を伸ばしてきて、ナプキンの上に置かれたフレドリカの右手を握ってきた。彼の手は驚くほど熱かった。重ねた手を通して、彼の熱が自分の体内へ浸透してくるような気がした。うつむいて身体を硬くする。

「妻として、私のことをもっと知りたいのだろう？」

熱っぽい語り口に、フレドリカの身体の奥のどこかが甘く痺れた。彼の視線を痛いほど感じ、おずおずと顔を上げると、まっすぐ見つめてくるユリウスと目が合う。深い闇色の瞳に吸い込まれそうだ。

「フレドリカ、いいかい？」

少し掠《かす》れた声で名前を呼ばれ、息が詰まりそうになる。

ユリウスとの夫婦関係をやり直すと決意したのだ。これは避けて通れないことだ。そう自分に言い聞かす。

だが、唇が震えて声が出ない。小さくコクリとうなずいた。

ユリウスが小さく息を吐く。彼の手がゆっくりと離れた。

ユリウスは席を立つと、フレドリカの背後に回り椅子をそっと引いた。フレドリカは機械的に立ち上がる。

背後からユリウスが耳元でささやいてきた。

「では、後で――」

彼の息遣いと深い声が、耳孔の奥まで沁《し》みてくるようだ。

ユリウスが立ち去っても、フレドリカはしばらくその場から動けなかった。

侍女の迎えが来て、自室に戻り沐浴《もくよく》を済ませ部屋着に着替えるまで、フレドリカは呆然としたままだった。ガウンを羽織って、居間のソファの上にぼんやりと座っていた。

やっと我に返ったのは、ボリスが部屋に現れて、侍女たちにそれとなく退出を促した時だった。おそらく彼は、ユリウスから今晩のことを指示されたのだろう。

「奥方様、そこにおられては湯冷めしてしまいますよ。そろそろ、寝室へお引き取りくださいませ」

ボリスに声をかけられ、フレドリカは弾かれたように立ち上がった。

ボリスは居間の燭台《しょくだい》の火を消して回ると、ひとつだけ火の点いた燭台を持ち、フレドリカに手を差し出した。

「さあ、どうぞ」

ボリスに手を引かれ、寝室まで導かれる。ボリスが扉を開いて、一歩後ろに下がる。フレドリカは恐る恐る寝室に足を踏み入れる。寝室の中は、いつもより暗くしてあった。ベッドの脇の小卓の上のオイルランプの灯りのみだ。

自分の寝室に入るのに、こんなにも緊張したことはなかった。背後で扉が閉まりそうになり、慌てて声をかけた。

「ボ、ボリス——わ、私……」

縋るような目でボリスを振り返ると、彼は察したようで、目を細めて励ますようにうなずいた。

「心配なさいますな。ご主人様にすべてお任せなさい。きっとうまくゆきますとも」

ボリスはユリウスが生まれる前からこの屋敷で働いている。フレドリカは、これまでボリスの人となりを知ろうとはしなかった。以前は、ろくに口もきかないでいた。それなのに、嫌な顔ひとつせず仕えてくれる彼が、今はとても頼りになる。

ボリスはフレドリカよりずっと、ユリウスのことを理解しているに違いない。

かすかにうなずき返し、ベッドに歩み寄る。扉が静かに閉まる。

そっとベッドの端に腰を下ろしたが、心臓が口から飛び出しそうなほどドキドキして、居ても立ってもいられない。

立ち上がってベッドの前を行ったり来たりした。

これまで男女の営みに関してまったくの無関心だった。ベッドで夫婦が生まれたままの姿になり抱き合い、自分の身の内に夫の子種を受け入れるくらいまではうっすらとわかっていたが、それ以上のことは想像もつかない。

痛いのか苦しいのか長い行為なのか短いのかすら、知らない。

ただ、ユリウスの大きな肉体を考えると、本能的に怖い、と思う。

どのくらいうろうろしていたかわからないが、ふいにドアノブを回す音がした。ユリウスが訪れたのだ。

「っ――」

咄嗟《とっさ》に、ドレープカーテンの後ろに隠れてしまった。

静かに扉が開き、足音を忍ばせてユリウスが入ってくる気配がした。

フレドリカは息を詰めてじっと身を硬くする。

ユリウスはフレドリカの姿が見当たらないことに気が付いたようだ。

「フレドリカ？　どこにいる？」

彼が気遣わしげに呼ぶ。寝室の中を探し回る気配がした。

フレドリカはカーテンをぎゅっと摑んで、目を瞑る。あれほど、新たな人生で夫婦関係をやり直すのだと決意したのに、大事な場面で逃げ出してしまうとは、なんと情けないことだろう。

でも怖い。

足が小刻みに震えた。

と、カーテンがゆっくりと引かれていく。見つかってしまったのだ。

身を硬くした。

カーテンがすっかり引かれてしまう。事実上の初夜なのに大人げないことをして、ユリウスの気を悪くさせたかもしれない。

「見つけた」

ユリウスが吐息で笑った。

「かくれんぼかな？」

怒っていないようなので、少しホッとして目を開いた。

ゆったりとした寝巻き姿のユリウスが見下ろしている。湯上がりなのか、シャボンのいい香りがしている。食事の時はきちんと撫《な》で付けていた前髪が額に垂れかかり、少し若やいで見えた。唇が柔らかく笑みの形を描いていた。

「私が怖いか？」

率直に聞かれ、コクリとうなずく。

「そうか。二人でこうするのは、初めてだものね」

彼の大きな手が伸びてきて、フレドリカの洗い髪をゆっくりと梳《す》いた。子どもをあやすような仕草に、気持ちが少し落ち着いてくる。

「怖くしない。フレドリカ。約束する。私は今夜、あなたとほんとうの夫婦になりたい」

彼の声は真摯《しんし》で誠意が感じられた。

考えたら、今日出迎えてから食事を共にするまで、ユリウスは終始穏やかで優しかった。以前は、厳格で冷たくてフレドリカにまったく興味がない人だと思い込んでいたのに。

「こっちにおいで」

右手を取られ、素直にベッドまで導かれた。

二人でベッドに並んで腰掛けた。

ユリウスの右手が背中に回り、フレドリカの肩を抱き寄せる。身体が寄り添う。薄い寝巻き越しに、男の引き締まった肉体を感じ、フレドリカの心臓は忙しなく脈打つ。その鼓動がユリウスに伝わったのだろう。

「ドキドキしている？」

「は、はい……」

「実は、私もなのだ」

「え？」

ユリウスの手が肩から背中をゆっくりと撫でた。それから、フレドリカの左手を取り、自分の胸の心臓のあたりに触れさせた。どくんどくんと少し速く力強い鼓動を感じた。

「こうしてあなたと触れ合うのは初めてで、私もとても緊張している」

彼の誠実な態度と言葉に、フレドリカの気持ちは徐々にほぐれていく。

ユリウスが身を屈め、顔を寄せてきた。

彼の美麗な顔がすぐ目の前に迫る。驚いて目を見開くと、鼻先が触れそうな距離でユリウスが小声でささやく。

「目を閉じて」

言われるままに目を閉じると、なにか柔らかなものが唇に触れてきた。

「ん……」

初めて唇に口づけされた。その擽ったいような甘やかな感触に、背中がゾクゾク震えた。

ユリウスは撫でるような口づけを繰り返した。どう反応していいのかわからず、息を詰めてじっとする。そのうち息苦しくなってしまい、かすかに唇を緩めて息を吐いた。

すると、なにか湿ったものがぬるりと唇をなぞった。

「あ」

舐《な》められた？　と悟った直後、するりとユリウスの舌が唇を割って忍び込んできた。

「んんっ？」

思いもかけない行為に身を硬くした刹那《せつな》、素早く舌を搦《から》め捕られ、ちゅうっと強く吸い上げられていた。その瞬間、うなじのあたりにびりっと未知の痺れが走り、意識が飛びそうになった。

「んぅうっ」

思わず顔を振りほどこうとすると、フレドリカの頭を覆ってしまいそうなほど大きなユリウスの手が後頭部を抱え込み固定してしまう。そのまま彼の舌は、フレドリカの口腔をくまなく舐め回しては、舌を吸い上げてきた。

「は……ふぁ」

口づけとは、こんなにも激しいものなのか。

「……んっ、ふ、んぅ……んんぅん」

くちゅくちゅと舌が擦れ合う淫らな音が耳の奥で響き、そのたびに不可思議な愉悦が背筋を走り抜けていく。抵抗する術を知らないフレドリカは、ただただユリウスの情熱的な舌の動きに蹂躙《じゅうりん》されてしまう。

息苦しく、頭の中がぼんやり霞《かす》んで、強張《こわば》っていた四肢からみるみる力が抜けていく。くたくたと崩れそうになる身体を、ユリウスの左手が素早く背中に回って支える。そしてぐっと引き寄せられ、ぴったりと胸と胸が合わさった。両手で押し戻そうとしたが、すっかり力が抜けてしまい、びくともしなかった。

その間も、ユリウスは顔の角度を変えては、さらに深くフレドリカの口の中に入ろうとしてくる。熱くぶ厚い男の舌が、歯列から口蓋《こうがい》喉奥までくまなく舐め回してくる。そんな行為が心地よいと感じる自分に、怯えてしまう。怖いのに拒めない。

「……は、はぁ……んやぁ、やぁ、んんっ」

あまりに濃厚な口づけに、フレドリカはただただ翻弄されるがままだった。そのうち抵抗する気も失せ、彼の舌がもたらす甘美な愉悦を甘受するだけになってしまう。

嚥下《えんげ》し損ねた唾液が口の端から溢《あふ》れると、ユリウスはそれを美味《うま》そうに啜《すす》った。そして、お返しとばかりに彼の唾液が喉奥に注がれる。もはやなす術もなく、フレドリカは白い喉を上下させて、それを呑み下してしまう。

気が遠くなるほど長い長い口づけがようやく終わり、ユリウスがゆっくりと唇を離した頃には、フレドリカはぐったりと彼の腕に身を任せて喘《あえ》いでいた。

「……は、はぁ、は、はぁ……ぁ」

忙しない呼吸を繰り返していると、ユリウスは火照《ほて》ったフレドリカの額や頬に口づけの雨を降らせ、目尻に溜《た》まった涙を舐め取る。そして、するりとフレドリカのガウンを肩から滑り落とした。あやすように、薄い寝巻き越しに華奢《きゃしゃ》な肩や背中を撫でる。

ユリウスが首筋に顔を寄せ、硬い鼻先でなぞり上げ、耳元でささやく。

「フレドリカ、なんて初心で可愛い――」

艶めいた低い声を聞いただけで、身体の芯にじわりと淫らな火が点《とも》るような気がした。

ユリウスの手が、寝巻きの前合わせのリボンをゆっくりと解いていく。

はらりと前が開き、まろやかな乳房から薄い茂みに覆われた太腿《ふともも》の間まで、露わになった。

「あ、いや……」

素肌を異性に晒《さら》したことなどない。思わず両手で乳房や陰部を覆い隠そうとすると、ユリウスが穏やかに、

「全部、見せなさい」

と命じる。おずおずと両手を下ろす。

ユリウスが寝巻きを素早く剝いでしまう。一糸纏わぬ姿にされ、恥ずかしさに頭がクラクラした。目をぎゅっと閉じて羞恥に耐える。

男の視線が肌に突き刺さるように感じられた。

「美しい――すっかり大人になって」

ユリウスがため息混じりにつぶやいた。

彼は身体をずらし、背後から両手ですっぽりとフレドリカの身体を包み込んだ。壊れ物を扱うように囲い込まれたが、それには逃さないという断固とした意思も感じる。

ユリウスの両手が前に回り、フレドリカの乳房を包み込んだ。

「あっ……」

素肌に触れられて、びくりと身が竦《すく》む。

男らしく筋張った大きな手が、ゆっくりと乳房を揉《も》みしだいた。この先、何をされるのか想像もつかない。

「あ、ああ……」

緊張に身を強張らせてしまう。

すると、節高な男の指がざらりと乳首を撫でた。

「んっっ？」

擽ったいような甘い痺れが、臍《へそ》の奥へ走った。

ユリウスは柔らかな乳房を揉み込みながら、人差し指で、探り当てた慎ましい乳嘴《にゅうし》を円を描くようにクリクリと抉《えぐ》った。そのたびに、ひりつくような刺激が下肢に下りていく。そして、どういう仕組みなのか乳首がみるみる硬く尖《とが》って勃《た》ち上がっていくのだ。さらに刺激に敏感に反応してしまう。

「あ、あ、あ」

むず痒《がゆ》いような甘い疼きは、今ははっきりと太腿の奥のあられもない部分をざわつかせているとわかった。

「感じてきた？」

ユリウスは背後からフレドリカの首筋に顔を埋め、ねろりと肌を舐め上げる。その濡《ぬ》れた感触に、腰がびくりと浮く。

「ひゃ……っ」

ユリウスは慎みもなく尖りきった乳首を、人差し指と親指で挟み込み、こりこりと転がした。かと思うと、指の腹で触れるか触れないかの力で撫でたり、ふいにきゅっと摘まみ上げてきたりする。臍の裏あたりの腰の奥が、やるせなく疼いて堪らない。

「あぁ、あ、あん……ぁぁん」

はしたない鼻声が漏れてしまい、慌てて口を引き結んで耐えようとした。しかし、子宮の奥に溜まっていく淫らな疼きは耐えがたく、腰がもじもじとうごめいてしまう。その反応に、ユリウスがふっと、吐息で笑った。

「悦《よ》くなってきた？」

絶え間なく乳房や乳嘴を弄びながら、ユリウスが耳元に熱い息と共に悩ましい声を吹き込む。その声の響きにすら、フレドリカは堪らなく感じ入ってしまう。

「わ、わからない、です……」

今自分が感じているのか、官能の悦《よろこ》びなのかなど、わかるはずもない。恥じらいながら声を震わせる。

「そうかな？」

ユリウスの左手が股間に下りてきた。慌てて両足を閉じ合わせようとしたが、それより早く左足裏に手を差し入れられ、立て膝の形にさせられてしまった。股間が開き、ひやりとした空気に晒されてしまう。

「あっ、やっ……」

狼狽えていると、ユリウスがふいにきゅっと乳首を捻《ひね》り上げた。

「あっ」

軽い痛みとその後に襲ってきたじんじんした熱い疼きに気を取られている間に、ユリウスの左手が股間に伸ばされた。

「動かないで」

低い声で言われ、息を詰めてじっとする。ユリウスの手指が、さわさわと薄い恥毛を撫でる。そして、指先が閉じ合わされた割れ目にそっと触れてきた。

「あっ、ん」

思いもかけず、猥《みだ》りがましい快感が走った。フレドリカはびくんと腰を浮かせた。恥ずかしい部分に触れられて甘く感じてしまったことに動揺し、身を捩《よじ》った。

「だ、だめ、そこ、触っちゃ……」

「どうして？」

ユリウスはかまわず、花弁をゆっくりと撫で上げ、撫で下ろす。そこにぬるっと滑る感触がした。ユリウスが繰り返し上下に指を動かすたび、じわりとなにかが隘路《あいろ》の奥から溢れてくるような気がした。

「濡れているよ」

「ぬ、濡れ……？」

なぜそんな部分が濡れてしまっているのか、理解できない。そして、ぴったり閉じていたはずの陰唇が、緩やかに綻んでしまう。同時に、膣襞がむず痒く疼いてくる。

「あなたが私の指に心地よく感じていると、こうして蜜が溢れてくるんだ」

ユリウスの長い指先が、つぷりと蜜口の浅瀬に押し込まれた。胎内に異物が挿入される違和感に、一瞬身が竦んだ。

だが、疼いていた箇所をゆっくりと擦られると、その滑らかな指の動きが淫らな快楽を生み出し、すぐに下肢の力が抜けてしまう。

「あ、あぁ、あ、あ……」

くちゅくちゅと卑猥な水音が立つ。恥ずかしい箇所をいじられているというのに、得も言われぬ心地よさに秘められた箇所が開いて、甘露を溢れさせているのがはっきりとわかった。

ユリウスは蜜口を掻き回しながら、もう一方の手で敏感な乳首をいじり続ける。

「や、だめ、あ、どっちも……指、動かしちゃ……」

ユリウスに触れられている箇所がすべて、トロトロに蕩《とろ》けていく。

「あなたのここ、熱いね、どんどん溢れてくる。いいね、初心なのに感じやすくていやらしい身体だ」

ユリウスが嬉しげな声を漏らす。

「いやぁ、言わないで、そんなことっ」

粘つく指の動きの感触に、どんどん気持ちよくさせられてしまう。全身の血が熱く滾《たぎ》り、戸惑いつつも拒めない。感じているはしたない表情を見られたくなくて、顔を伏せてしまう。

「あ、あぁ、あ、やぁ、だめ、あぁ……」

「可愛い声で囀《な》くね、もっと囀かしたいな」

ぬるぬると動いていた指が、割れ目の上部に佇《たたず》む小さな突起をくりっと擦り上げた。刹那、雷にでも打たれたような激しい愉悦が背中を走り抜け、フレドリカは大きく腰を跳ね上げた。

「ひ、あっ、あああっ?」

自分になにが起こったのかわからなかった。一瞬、腰が溶けてしまうかと思った。

ユリウスは溢れた甘露を指の腹で掬い、その小さな蕾《つぼみ》に塗り込めるように撫で回してきた。

「やああっ、あ、だめぇ、あ、あああっ」

フレドリカは悲鳴のような嬌声《きょうせい》を上げた。

びりびりと凄まじい快感が、次々に襲ってくる。身をくねらせて、喘いだ。

「やめ、やめて、ください、そこ、やだ、あぁ、やぁあ」

「いやじゃないだろう？　ここは、女性が一番感じてしまうところだというよ。もっと触ってあげる」

ユリウスは少し意地悪い声を出し、ぷっくり膨れた花芽の包皮を指先で捲《めく》り、剝き出しになった秘玉を優しく執拗に撫で回した。

「あっ、あ、あ、あぁ、あ、いやぁ……」

激烈な媚悦《びえつ》に、目尻から涙が零れる。ユリウスの指がひらめくたびに、どうしようもない喜悦と共に、子宮の奥がきゅうっと強く締まった。それがまた、奥に堪らない疼きを生む。

「あ、あぁ、あ、は、はあぁあぁっ」

耐えがたいくらい強い愉悦に、逃げたいと思うのに、もっとして欲しいとばかりに腰を突き出してしまう。

隘路の奥から後から後から愛蜜が溢れ、股間がしとどに濡れた。まるで粗相でもしてしまったようにシーツがぐっしょりと濡れ、苛烈な官能の悦びと羞恥に気が遠くなりそうだ。

「も、う……もう、やめて、いやぁ、やめて……」

息も絶え絶えになって、弱々しく首を振る。

だがユリウスは容赦なく、充血しきった秘豆を攻め続ける。

「あなたが達《い》くまで、やめてあげない」

「い、いく……?」

喘ぎながらたずねる。

「気持ちよすぎて、限界を超えてしまうことだよ。達《い》きそうになったら、そう言うんだ」

そんな感覚、わからない。

ただ、怖かった。こんな快楽を知ってしまったら、元に戻れない。堕落してしまいそうで恐ろしい。

「お願い、もう、終わりにして……おかしくなりそうで、怖い、怖いのぉ……」

「おかしくなっていいんだ、フレドリカ。ああ、私を受け入れる箇所がひくひくして、指を引き込もうとしてくるね」

ユリウスは、親指で陰核を撫でながら、二本の指を揃《そろ》えて、蜜口のさらに奥へ突き入れてきた。狭い処女腟を押し広げるように、ゆっくりと奥へ侵入してくる。濡れそぼったそこは、案外あっさりと指を受け入れた。

自分でも触れたことがない箇所を、男の長い指がまさぐってくる。内壁が無意識に指を締め付けると、重苦しい悦楽が生まれてきて、フレドリカはぶるりと背中をおののかせる。

「あっ、指、そ、そんなに……っ」

ユリウスはくちゅくちゅと猥りがましい音を立てて、指を抜き差ししてきた。次第に、やるせないような甘苦しい感覚がお尻のあたりから迫り上がってくる。

「あ、あ、は、はぁ、あぁ、ああ……ん」

意識が飛びそうな予感に、フレドリカはユリウスの腕に爪を立てていた。

刺激を受けた濡れ襞が、きゅうきゅうと男の指を締め付け、自ずから快楽を生み出す。

やがて、媚悦の大きな波が子宮の奥から押し寄せてきた。

全身が強張り、胎内にぎゅっと力がこもる。

閉じた瞼の裏に、愉悦の火花がちかちかと弾けた。

「あ、あ、だ、め、あ、だめ、あ、なに、これ……あ、や、やぁぁぁあっ」

「達きそうかい？　フレドリカ？」

ユリウスは指を動かしながら、フレドリカの耳朶《じだ》に歯を立てた。

直後、快楽の頂点に飛ばされ、フレドリカの意識が真っ白に染まった。媚肉が強く収縮する。息ができない。これが達くという感覚なのか。

「あ、あ、い、く……ぅっ……」

甘くすすり泣きながら、フレドリカは無意識に、びくんびくんと腰を跳ね上げた。

同時に全身から力が抜けた。息が戻ってくる。

「……は、はぁ……あ、はぁあ……」

フレドリカは弛緩《しかん》した身体をユリウスにもたせかけ、短い呼吸を繰り返した。

まだひくついている隘路から、長い指がそっと抜き取られた。その喪失感にすら、ぞくぞく感じ入ってしまう。

「私の指で、初めて達ったね――」

ユリウスが汗ばんだフレドリカの額や頬に、何度も口づける。

「だ、旦那様……私……こんなの……」

フレドリカは潤んだ瞳で彼を見遣った。

ユリウスの黒曜石色の瞳は情欲で妖しく濡れていた。

「今度は、私自身を受け入れてもらうよ」

彼はねっとりとした艶っぽい声でささやくと、寝巻きの前をはだけ、フレドリカの右手を取って自分の股間に導いた。

「あっ？」

ごつごつとして熱くそそり勃つ男の欲望に直に触れて、フレドリカはびくりとして手を引っ込めようとした。

生まれて初めて触れる勃起した男根は、フレドリカが想像していた以上に大きく太く、凶暴そうな形状であった。

しかしユリウスはフレドリカの手を押さえ、剛直を触らせる。

「私自身をよく知るんだ、フレドリカ」

「あ、は、い……」

そうだ、ほんとうの夫婦になると決意したのだ。ここまできて、逃げるわけにはいかない。

おずおずと肉胴を撫でてみる。

「あ、熱い……」

「あなたが欲しくて、血が滾《たぎ》っているんだよ」

太い血管がいくつも浮いた男根は、まるで別の生き物みたいにびくびく震えている。

「握ってみて」

「う、あ、こう、ですか？」

フレドリカの小さな手には余る大きさに、内心恐れをなす。それにとても硬かった。

「そうだ。そのままゆっくり擦ってみて」

「え、あ、こ、こう？」

言われるまま、拙《つたな》い動きで肉茎を扱いてみる。陰茎がひと回り大きくなった気がする。

「うん、悦いよ、続けて」

ユリウスが心地よさげな声を出したので、勇気を奮《ふる》って手を滑らせ続ける。

そうしていると、先端の括《くび》れたカリ首のあたりからじわりと透明な液が噴き零れて、手の動きが滑らかになった。

「濡れる」という反応が、男性にも起こるのだと知る。

にちゃにちゃと淫らな音が立つ。

「ああ、上手だ。フレドリカ、悦いね、いい」

ユリウスが小さくため息を漏らした。

先ほど、彼の手指で性器に触れてもらい、とても気持ちよくしてもらった。今度は自分がお返しする番なのだと思う。

「こ、こんなので、い、いいですか？　わ、私、うまくできないみたいで……」

勝手がわからないので、ユリウスを快感に導けているものか心細い。

「悦いよ、あなたが一生懸命私に奉仕してくれていると思うだけで、身の内が熱くなる」

ユリウスが目を細め、快感を噛《か》み締めるような表情になった。

初めて見る彼の感じ入っている顔は、あまりに色っぽくて、フレドリカは心臓がドキドキしてしまう。

程なく、ユリウスがそっと手をかけてフレドリカを止めた。

「ありがとう、もういいよ」

「あの、上手にできなかったですか？」

「そうではない、気持ちよすぎて終わってしまっては、もったいないからね」

「終わ、る……？」

言葉の意味がわからずきょとんとして聞き返すと、ユリウスは堪らないというように目を細めた。

「最後は、あなたの中で終わりたい」

彼はそう言うや、フレドリカの背中に手を回しそっと仰向《あおむ》けにシーツに押し倒した。

「あ」

ユリウスは寝巻きを素早く脱ぐと、床に放り投げた。

大きな手が伸びてきて、フレドリカの両足を開かせた。そして、ゆっくりとのしかかってくる。彼の筋肉質の足がフレドリカの足の間に押し込まれた。そして、無防備に開いたフレドリカの性器に、ユリウスの性器の先端がぬるりと触れてきた。

「っ」

フレドリカは思わず身を硬くして腰を引こうとした。あんな巨大なものが、慎ましい自分の胎内に受け入れられるとはとても信じられなかったのだ。フレドリカの怯えを察したのか、ユリウスが動きを止めて優しく髪を撫で付けてきた。

「やはり怖いか？」

フレドリカは涙目になる。

「こ、怖いです……でも……」

「でも？」

「旦那様とほんとうの夫婦になると決心したんです、だから――」

フレドリカはまっすぐにユリウスを見上げた。

「どんなに辛くても、怖くても、我慢します」

「フレドリカ、フレドリカ、なんて健気《けなげ》なんだ」

ユリウスが顔を寄せ、顔中に口づけの雨を降らせる。

「約束したね。怖くしないと。だから、私を信じてくれ」

感情の込もった低い声に、心臓が鷲掴みされそうになる。

「はい……」

目を閉じ、身体の力を抜く。

ユリウスの右手がフレドリカの陰唇を押し広げ、そこに熱い欲望の塊をあてがってきた。

「んん……っ」

傘の開いた先端が狭い入り口から押し入ってくる。張り出したカリ首が入ってくると、めいっぱい押し広げられた蜜口に、キリキリと引き裂かれるような痛みが走った。

「あ、つぅ……っ」

思わず顔を顰《しか》めると、ユリウスが動きを止めた。そしてわずかに腰を引き、蜜口の浅瀬を先端でくちゅくちゅと掻き回した。悩ましい感触に甘い鼻声を漏らし始めると、再びじりじりと挿入される。たっぷり濡れているせいか、最初の切り裂かれるような痛みはない。

「ん、は、ぁあ、あ」

あんな巨大な肉塊を受け入れるなんて絶対無理だと思っていたのに、ゆっくりと奥へ進んでいく。媚肉が内側から押し上げられるような感覚に、息が止まりそうになった。

「ふ──きついな。だが、挿入《はい》る。フレドリカ、我慢できるか？」

ユリウスが気遣わしげにこちらの表情を窺《うかが》う。

「は、はい……」

痛みより、灼《や》けつくような熱と息苦しさに眩暈《めまい》がしそうだ。

「もう少しだ」

長い時間をかけて、灼熱の欲望が最奥まで届く。

太竿の根元まで収めると、ユリウスが大きく息を吐いた。

「ああ──全部挿入ったよ、フレドリカ」

「ぁ、ああ……あ」

胎内をユリウスの剛直に埋め尽くされ、自分のものではない力強い脈動を感じ、目を見開いた。少しでも動いたら、内側からばらばらになってしまいそうな違和感に、息をするのも怖い気がした。

「これで、あなたは私だけのものだ」

ユリウスが労《いたわ》るようにフレドリカの目尻に溜まった涙を唇で受ける。その言葉を聞くと、胸の奥がきゅんと熱く疼いた。

「旦那様……」

思わず身じろぐと、ユリウスの淫らな欲望の形をありありと感じ、疼いた内壁が重苦しい愉悦を生み出す。

「あなたの中、熱くてきつくて、私のものをきゅうきゅう締めてくる。素晴らしいよ」

ユリウスはぴったりとフレドリカに重なり、耳元で甘くささやいた。その艶めいた声を聞くと、子宮の奥がつーんと甘苦しく痺れ、処女襞がむず痒くもどかしくひくついた。胎内を擦って欲しいという淫らな欲求が生まれてくる。

「動くよ。いいかい？」

「あ、は、はい……」

ユリウスはゆったりとした動きで抽挿《ちゅうそう》を繰り返した。硬い肉棒がカリ首ぎりぎりまで引き抜かれ、再び隘路をぐっと突き上げてくる。動きはゆっくりなのに、その律動にフレドリカの全身はがくがくと大きく揺れる。

「あ、あ、やあぁ、ああっ」

亀頭の先端が奥の奥まで届き、最奥をさらにこじ開けようとするたび、強い衝撃に目の前に官能の火花が散る。狭い処女孔は次第に柔らかく解け、甘く蕩けていく。じわじわと新たな愛蜜が滲《にじ》み出し、肉胴の動きがどんどん滑らかになっていく。それとともに、ただ息苦しいだけだった行為に、やるせない悦びがどんどん増幅してきた。

「いい声が出てきたね、気持ち悦くなってきたか？」

「んぁ、あ、は、はぁ、熱くて……奥、変な感じに……」

「奥が吸い付くね。私はとても気持ち悦いよ、フレドリカ」

ユリウスの息が乱れ、腰の動きが、だんだん激しくなっていく。

先端が子宮口の手前あたりのある一点をぐぐっと押し上げると、せつないくらい甘い痺れが生じてきて、腰が勝手に揺れてしまう。

「んぁ、あ、そこ……だめぇっ、おかしく……っ」

「ここが感じるのかい？　もっとしてあげる」

ユリウスはフレドリカの性感帯を見つけたことで、嬉しげな声を出した。そして、ひどく感じる箇所を太茎の先でぐりっと押し回されると、深い喜悦が湧き上がってきた。

「あっ、あっ、しないで、そこ、あ……は、はぁ、あ、あぁ、ぁあ」

繰り返し突き上げられ、意識がどこかに飛んでしまいそうになり、細い腕で夢中になってユリウスの背中にしがみついた。

「はぁ、あ、すご、い、あ、だめ、あ、あぁ、だめぇ……っ」

夫婦の営みというものは、こんなにも熱く激しいものなのか。

「また締まる——堪らないな、私のフレドリカ」

ユリウスの声が性急になってくる。

彼はフレドリカの両膝の裏に腕をくぐらせ、M字型に開脚させると、さらに深く突き入れてきた。はしたない体位を取らされているのに、それを恥ずかしがる余裕はなかった。

彼が腰を穿《うが》つたびに、結合部がぐちゅぬちゅと卑猥な音を立てた。膨れた男根の根元が、抜き差しされるたびに充血した秘玉を擦り上げていき、それも堪らなく気持ちいい。

もう、気持ちいいということしか感じられない。

「ひゃぁう、あ、あ、や、あ、あぁん、あぁあぁっ」

淫らな嬌声が止められない。

やがて、身体の奥のどこかから熱い波のような喜悦が迫り上がってきた。

「あ、あぁ、旦那、様、あ、なにか、くる、あ、きちゃうっ」

フレドリカはいやいやと首を振る。もうこれ以上は耐えきれない。

「達きそうか、フレドリカ？」

ユリウスは深く屹立《きつりつ》を挿入したまま、腰全体で大きく揺さぶってきた。

きつく閉じた瞼の裏で、愉悦の火花がばちばちと弾けた。

ふいにユリウスが結合部に右手を潜り込ませ、膨れ上がった赤い突起を抓《つね》り、指の間でくりくりとなぶった。

初めて感じる恐ろしいほどの絶頂に、フレドリカは頭の中が空白になった。

「いやぁあ、あ、だめ、あ、も、あ、だめ、だめなのぉっっ」

感極まった内壁は、きゅうっと痙攣《けいれん》して男の欲望を小刻みに締め付けた。

「くっ――フレドリカ、終わるよ――あなたの中に――っ」

ユリウスがくるおしげに唸《うな》り、大きく胴震いした。

次の瞬間、どくどくと熱い欲望の飛沫《しぶき》がうねる媚肉の狭間に放出された。

「ひぁ――っっ」

フレドリカは溺れた人のように口を大きく開け、声にならない悲鳴を上げた。

びくびくと全身を絞るようにして、硬直した。

「……あっ……あ、あ……」

ユリウスがずん、ずん、と二度三度大きく腰を打ちつけ、精液の最後のひと雫《しずく》までフレドリカの中へ注ぎ込んだ。

息が止まり鼓動すら動きを止めたような錯覚に陥る。

絶頂の長い一瞬が過ぎる。

「……はぁっ、は、はあっ……」

突然呼吸が戻り、白い肌からどっと汗が噴き出した。くたくたと全身が弛緩する。

ユリウスが大きくため息をつき、フレドリカの上にゆっくりと頽《くずお》れてくる。

「ふぅ――っ」

二人は重なったまま、しばらく浅い呼吸を繰り返した。

まだ勢いを失ったユリウスが胎内にいて、ぴくぴく震えている感覚がなにか愛おしいと思う。

「――とても悦かった」

わずかに顔を上げたユリウスが、耳元で優しくささやく。

フレドリカは乱れた顔を見られているのが気恥ずかしくて、目を開けられない。

「可愛いフレドリカ、目を開けて私を見て」

甘い声で言われて、おずおずと瞼を上げる。

すぐ目の前に、ユリウスの美麗な顔があった。二人の視線が絡む。

ユリウスは濡れた眼差しで見つめてくる。

「これで、やっと私たちはほんとうの夫婦になれたね」

「……はい」

彼の目が感慨深げに細まる。

「あなたと結ばれる日が来ようとは――まだ信じられない。私はずっと、あなたに拒まれ続けていたから」

フレドリカは以前の自分の冷淡な態度を思い出し、恥ずかしさに頬が染まる。

「ごめんなさい……私はあまりに幼稚でした……」

「いや――亡国の身でわずか七歳で嫁がされたのだ、無理もない。私もあなたのことを、どう扱っていいかわからないままだった。年上の私こそ、あなたを理解する努力をするべきだったんだ」

フレドリカは、ユリウスの心から後悔しているような口調に、胸を打たれた。

決してユリウスに嫌われていたわけではなかったのだ。

こうして身体が結ばれてみると、ユリウスの人となりがさらに理解できたような気がした。以前思っていたような、冷酷な人ではぜんぜんなかった。

これから夫婦としてやり直せるだろうか。

一年後訪れるはずの、悲惨な運命を変えることができるだろうか。

まだわからない。

今はただ、この気だるく甘い快楽の余韻に浸っていたかった。

「私のフレドリカ」

ユリウスがしっとりと唇を重ねてきた。

「ん、ふ……」

フレドリカはそっと目を伏せ、ごく自然に口づけを受け入れる。

こうしてまだぴったりと繋《つな》がったまま口づけをしていると、ひどく満たされて幸福な気持ちになる。

幸福、という感情を初めて知った。

前には一度も感じなかった感情だ。

それだけでも、死に戻ってきてよかったと、心から思えた。

そのうち睡魔に襲われ、いつしかぐっすりと眠りに落ちてしまっていた——。

第二章　やり直す二人

ベッドの天蓋幕の隙間から、枕元に薄日が差し込んできた。

フレドリカは重い瞼をゆっくり開く。

「う……ん」

眠気の残った頭の中が、徐々にはっきりしてきた。隣の枕を見遣ると、昨夜一緒に寝たはずのユリウスの姿はなかった。ハッとして身を起こそうとした。

「あ――」

全身のあちこちが筋肉痛のように軋《きし》み、下腹部に違和感があった。いつの間にか、汗と体液にまみれた身体は清拭されてあり、真新しい寝巻きに着替えさせられてあった。ユリウスがしてくれたのだろうか。天蓋幕を開いて顔を覗《のぞ》かせる。窓のカーテンは引いてあり、ずいぶんと日が高い。慌てて壁掛け時計を見ると、すでにお昼近かった。

「やだ、私ったらこんなに眠りこけて……」

ユリウスの久しぶりの休暇の初日だというのに、寝坊してしまうなんて。侍女たちはなぜ起こしに声をかけなかったのだろう。

慌ててベッドから下りようとすると、扉が軽くノックされた。

「フレドリカ、起きているかい？　入っていいかな？」

ユリウスの声だ。

「は、はい……」

素早く寝巻きの前を整える。扉が開き、ユリウスが立っていた。髪をきちんと整え、白いシャツと紺色のトラウザーズ姿だ。両手で大きな銀のトレイを持っている。

「おはよう」

ユリウスが爽やかに笑いかける。こちらはまだ寝巻き姿で、髪も顔も起き抜けのままだ。その上、昨夜の淫らな痴態を思い出し、恥ずかしさに顔を伏せてしまう。

「お、おはようございます……私ったら、寝坊してしまって……」

消え入りそうな声で言うと、

「気にしないでくれ。私が侍女たちに、好きなだけ寝かせてやれと命令したんだ」

ユリウスはそう答えて、トレイを掲げてベッドに近づいてきた。彼はトレイをフレドリカの膝の上に置いた。トレイの四隅には低い脚が付いていて、テーブルのようになっていた。そして、トレイの上にはパンや蜂蜜、バター、ジャム、新鮮な果物、卵料理などがふんだんに並んでいた。お茶のポットとティーカップものっている。美味しそうな香りに、お腹が鳴りそうになる。

「食事を運んできたよ。私は先に済ませてしまったが、あなたはお腹が空いているだろう」

「す、すみません。旦那様に給仕みたいなことをさせて……」

「かまわないよ。昨夜は疲れさせてしまったろうから、このくらいはさせてくれ」

その言葉に、昨夜の淫らな交わりを思い出して顔が赤らんだ。

ユリウスがフレドリカに寄り添うようにベッドに腰掛けた。

ユリウスはティーカップに紅茶を注ぐと、砂糖とミルクを足して差し出した。

「さあ、どうぞ」

「あ、ありがとうございます」

受け取ってひと口啜ると、温かい飲み物がゆっくり胃の中に染みて、気持ちがしゃんとしてくる。

「美味しい」

「あなたは、紅茶は砂糖二杯にミルク入り」

ユリウスは白パンをちぎると、蜂蜜とバターを塗って差し出した。

「蜂蜜バターが好き」

口元にパン切れを押し付けられ、慌てて首を振る。

「わ、私、一人で食べられますから」

「つれないことを言わないでくれ。初めての朝、妻に朝食を食べさせてあげるのが、私の若い頃の理想の結婚だったんだから」

冗談か本気かわからないが、そんなことを言われては断ることもできない。仕方なく口を開けた。焼きたてのパンに蜂蜜とバターが染みて、ほっぺたが落ちそうなくらい美味しい。

「卵は、ハム入りのスクランブルエッグが好きだってね」

ユリウスはスプーンでスクランブルエッグを掬うと、それもフレドリカに食べさせる。

「果物はイチジクが一番好きで、野菜はテーブルビートが好き、ニンニクはあまり好まない、ベーコンはカリカリに焼くのが好き」

ユリウスはカリカリに焼いたベーコンを切りながらつぶやく。ただ食物の名前をあげているだけなのに、ユリウスが滑らかな口調で言うと歌でも歌っているようだ。深いコントラバスの声は、耳に心地よい。

「その通りです。よくご存知ですね」

「あなたの好みの朝食を、ボリスに聞いてきたんだ」

ユリウスはフレドリカにひと通りの食事をさせると、デザートのイチジクの皮をナイフで器用に剝きながら、フレドリカに微笑みかけた。

「ちなみに、私の好きな果物は――」

「リンゴ、ですか？」

ユリウスが目を丸くする。

「よくわかったね」

「昨夜、晩餐の席で、領地で採れるリンゴのことをとても褒めていましたから――」

「よく覚えていたね」

感心したように言われて、顔に血が上る。

「これからは、旦那様のことをいろいろ知りたいと思って……」

ふと、ユリウスが眉をかすかに顰めた。

「なぜ、急に私に関心を持ったのだね？　三年前までは、蛇蝎《だかつ》のごとく嫌われていると思っていたが――」

さすが、名将と名高いユリウスは勘が鋭い。フレドリカはドキマギした。

「――私は、旦那様だけを嫌っていたのではなくて……」

下手に取り繕うよりはと、今の気持ちを正直に言ってみる。

「自分の人生を全部、嫌っていたんだと思います。もの心がつく前に、異国に人質にやられ、やがて祖国も両親も失い、七歳で見知らぬ殿方と結婚させられることになって……旦那様には申し訳ないのですが、少しも幸せを感じられなくて。自分の人生を呪い、誰にも心を閉ざしてしまって……」

「――うん」

　ユリウスは真剣に聞いてくれる。まさか、未来で一度死んで、悲惨な未来を変えるために戻ってきたとは、言えない。少し考えてから、ぎこちなく切り出す。

「でも――ある日、自分が若くして死ぬ夢を見ました。それは恐ろしい死の夢でした。私はその時、やっと気が付いたんです。不幸のまま死んでしまっては、なにもかも遅いのだと。だから――生きているうちに、やり直して、幸福を見つけたい、と」

　夢の話という以外は、その気持ちに嘘はなかった。

「そんなに、怖い夢だったんだね。可哀想に。私が、幼いあなたをほったらかしにしたせいだ。責任は夫たる私にある」

　ユリウスの表情が緩み、大きな手が伸びてきて、フレドリカの寝乱れた髪を優しく撫でつけた。温かい手の感触に、胸がじんわり熱くなる。

「ほんとうに、悪かった」

「い、いえ……」

　ユリウスは切り分けたイチジクを皿にのせ、ひと切れ摘まんでフレドリカの唇に押し付けた。

「さあ、食べなさい」

「はい」

素直にイチジクを咀嚼《そしゃく》する。甘酸っぱく爽やかな味が口いっぱいに広がる。もぐもぐ動くフレドリカの口元を、ユリウスがじっと見つめている。

飲み下すと、新たな一片を口に運ばれた。ああんと雛鳥《ひなどり》のように口を開いた。

唇にイチジクを押し込む時に、ユリウスの指が口腔に侵入してきた。指が歯列をなぞり、口蓋を撫で回した。ぞわっと性的な刺激が生まれ、下腹部に悩ましい疼きが走る。

「んん……」

思わずユリウスの指を唇で挟み込んだ。

ユリウスは薄く笑って、ぐるりと口の中を指で搔き回した。ひどく卑猥な行為のように感じて、フレドリカは狼狽える。

指を抜き去ると、ユリウスはその指を自分の舌でぺろりと舐めた。その仕草も色っぽくて、起き抜けだというのにフレドリカは全身の血が熱くなる。

トレイの上のものを全部平らげると、ユリウスは満足そうにうなずいた。

「食事が終わったら、支度をして二人で街へ外出しよう」

フレドリカは驚いて目を丸くした。

「外出、ですか？」

嫁いできてからこれまで、屋敷を出たことなどなかった。ましてや、夫婦での外出など初めてのことだ。

ユリウスは休暇で戻ってきたのだ。自分に気を使わせるのは申し訳ない。

「いえ、旦那様の休暇です。どうぞ、私にかまわず、お好きにお出かけください」

「私は、あなたと出かけたいんだよ、フレドリカ」

ユリウスが少しキッとなって強い声で言った。

怒られたのかと思って、ぴくりと肩を竦めてしまう。

すると、ユリウスが素早く口調を柔らかくした。

「ああすまない、軍人なのでつい声を張ってしまう。でも、命令しているわけではないんだ、フレドリカ。私は、あなたにお願いしているんだよ。夫婦で外出したいんだ」

「夫婦で……」

その二文字は、じんと心に染みる。

死に戻って、まだ二日しか経っていない。

だが、ユリウスを見る目は、以前とがらりと変わっていた。

もっとこの人のことを知りたい。

その感情は、悲惨な未来を変えたいから夫と馴染《なじ》もうとしているのとは、どこか違うようにも思えた。

フレドリカは恥じらいながらも、笑みを浮かべた。

「はい」

ユリウスが眩《まぶ》しそうに目を細める。

どんな表情をしてもなんて綺麗《きれい》なひとだろうと、フレドリカはついうっとりと見惚れてしまった。


「ご主人様が奥様とお出かけですか、これは一大事だ」

ユリウスから、午後にフレドリカと出かけると聞かされたボリスは、バタバタと使用人たちに指示を飛ばした。

「急ぎ、二人乗りの馬車の準備をしろ。長いこと使っていないから、徹底的に掃除するんだ。馬は大人しめのものを選ぶのだ。奥様は馬車の揺れに慣れておられないからな。座席に柔らかいクッションを装備すること、それと、奥様のドレスは動きやすい締め付けの少ないデザインを選ぶこと、それと――」

にわかに屋敷中が慌ただしくなる。しかしそれは、これまでのベンディクト家の澱《よど》んだ雰囲気とは違う、明るい活気のあるものだった。

ユリウスは自分の書斎で、落ち着いた態度で本を紐解《ひもと》くふりをしていた。

だが、内心はそわそわしていた。

ユリウスは短い休暇を、すべてフレドリカのために費やすと決意していた。

昨日、フレドリカと三年ぶりに再会してから、心がざわついて落ち着かない。

初めて気が付かされた彼女の美しさ、ぎこちない妻としての振る舞い、彼女の初々しい肉体、これまで知らなかった彼女の気持ち——なにもかもが、ユリウスの心を掻き乱す。

もっとフレドリカを知りたい。もっとフレドリカと親しくなりたい。

だが、どうしていいかわからない。これまで、軍務一筋だった。女性と親しく交際した経験など皆無だ。形だけの結婚だったが、他の女性に浮気などしたこともない。女心を摑む術などなにも知らない。

文武両道で誰よりも優れた人間だと自負してきたが、とんでもない落とし穴があったのだと気付かされた。ユリウスは思わず失笑してしまう。

「私は、情のない朴念仁であったのだな」

これまで知らなかった自分の弱点を気付かされ、焦ると同時になにか甘酸っぱい浮き立つような感情もあり、それも初めての経験であった。

「ご主人様、外出着は軍服になさいますか？　それとも平服で？」

ボリスが折よくやってきたので、ユリウスはさりげなくたずねる。

「どちらが、女性の好みなのだろう？」

ボリスは一瞬こちらの表情を窺うような顔になったが、すぐにいつも通り落ち着いた声で答える。

「そうですね。ご主人様はやはり、軍服姿が一番凛々《りり》しくお似合いだと思います」

「そうか。では、普段使いの軍服にしよう」

「かしこまりました」

「ああ、それと――女性というのは、なにをしてやると喜ぶのだ?」

もはやさりげないと言えないのだが、午後にはフレドリカと外出するのだ。急を要する懸案だ。

ボリスはにこやかに答える。

「一般的に女性は、お買い物や公園でのお散歩、スイーツのお店に行くのなどを好むようです。芸術をたしなむ女性であれば、オペラや美術館、生き物を好む女性であれば動物園、活発な女性であれば遊園地などもよろしいかと」

ボリスが気を利かせて、フレドリカの名前は出さずに一般論として答えてくれるのがありがたい。

ユリウスは本に気を取られているそぶりをしながら、答えた。

「なるほどな、覚えておくか」

そのまま背中を向けたので、ボリスが肩を震わせて退出したところは、見えなかった。

ユリウスは、ボリスのアドバイスを一言一句頭に刻みつけた。

「初めてのお出かけですからね。街中の人たちを虜にしましょう」「奥様のお美しさは首都一番、いいえ、国一番でございましょう」「さらに綺麗に仕上げましょうね」

お付きの侍女たちのはしゃぎぶりに、フレドリカは圧倒されてしまう。

フレドリカが変わろうとすると、周囲まで対応が変わってしまうようだ。それも無理もないかもしれない。以前は、部屋に閉じこもってぼんやり過ごすばかりで、着飾ることにも興味などなかった。毎日、同じようなデザインの地味なドレスばかりを選んでいた。侍女たちはさぞ張り合いがなかったろう。

それなのに、クローゼットの中には色とりどりのドレスがたくさん収められてあった。フレドリカの成長に合わせて、その都度侍女たちが用意したのだろうか。

侍女たちがあーだこーだと吟味して選んでくれたのは、若草色の絹のドレスで、ウエストをキュッと絞ってフレドリカの細腰を強調し、袖がふんわりと膨らみ、お尻にパニエを入れてスカートが後ろに大きく広がるデザインだ。軽やかで動きやすい。

長いプラチナブロンドを、サイドは頭の上に纏め上げ、後ろ髪はコテで綺麗な縦ロールを幾つもこさえた華やかな髪型にしてもらう。

「お外に出るのですから、他人に見られても恥ずかしくないように」

と、顔に軽く白粉をはたかれ、眉を少し描き足し、うっすらと頰紅を塗られ、薄化粧を施された。ただ、口紅は艶やかな真紅。それだけで、清楚なフレドリカの美貌が、ぱっと大人っぽくなる。装飾品は、ドレスの色に合わせてエメラルド。

白い絹の長手袋をはめ、ハンカチしか入らないような小物袋を提げ、最後に鳥の羽根飾りのついたボンネットを被せられた。

すっかり支度が出来上がると、侍女たちから歓声が湧いた。

「素晴らしいです！」「お人形のよう」「最高にお綺麗ですよ！」

口々に褒められ、照れ臭くて頬が赤く染まる。

姿見の中の自分を見ると、別人のような貴婦人が映っている。自分では美しいかどうか、判断できない。ユリウスに気に入ってもらえるだろうか。

侍女に手を引かれ、二階の化粧室から玄関ロビーに下りていくと、すでに階段下でユリウスが人待ち顔で待っていた。金色の肩章のついた深い青色の軍服に白絹のサッシュを腰にキリリと巻き、長い足をピカピカに磨いた長靴に包んで、名画から飛び出したように格好がいい。

でもなんだかぼんやりとしている。支度に随分時間がかかったので、待ちくたびれてしまったのではないか。

「お待たせしました……」

緊張して小声で言うと、ユリウスはハッとしてこちらに顔を振り向ける。彼は一瞬目を見開き、それから優しげに目を細めた。

「とても綺麗にできたね」

褒められたので、少しほっとした。

ユリウスに手を取られ、並んで玄関を出ると、そこに無蓋の二頭立ての馬車が停まっていた。つやつやとした栗毛《くりげ》の馬たちはたてがみを綺麗に編み込んであって、馬までお洒落《しゃれ》だ。

御者が馬車の扉を開けると、ユリウスがフレドリカに手を貸して、先に乗り込ませてくれた。革張りの座席は、フレドリカの席にだけ柔らかな背もたれクッションが置かれてあった。

ユリウスが向かいの席に乗り込むと、屋敷中の使用人たちが玄関前に見送りに勢揃いした。

最前列にボリスが立ち、恭しく声をかける。

「行ってらっしゃいませ、ご主人様、奥方様」

すると使用人たちがいっせいに頭を下げた。

「行ってくる」

ユリウスが気さくに片手を挙げて応えた。こういう時、どうしていいかわからないフレドリカは、慌ててユリウスに倣っておずおず手を挙げた。こんなふうに見送られるのか。

なんだか、一大行事のようだ。

　馬車が走り出す。

「きゃ」

　想像していたより速いスピードに、思わず声が出た。

「速いか？　しばらくは並足にしろ」

　ユリウスが素早く御者に声をかけると、馬車はゆっくりした速度になった。ここらは高級住宅街のようで、立派な屋敷が並んでいる。こうして他の屋敷を眺めると、ベンディクト屋敷は並外れて立派な建物なのだとわかった。

「揺れは大丈夫かい？」

　ユリウスがたずねてくる。馬車の揺れはわずかでリズミカルで、逆に心地よいくらいだ。

「はい、大丈夫です」

「気持ちが悪くなったら、すぐ言うんだよ」

「はい」

　ユリウスの気遣いが嬉しい。

　馬車は土道の側道から、石畳のメインストリートに出た。

　馬車道は、個人の馬車以外にも、辻馬車《つじばしゃ》や貨物馬車などで混雑していた。メインストリート沿いにはたくさんの店舗が整然と建ち並び、大勢の人々が歩道を行き交っていた。

「まあ、なんて賑《にぎ》やか——それに、こんなにたくさんの人々が……」

見たこともない賑やかな風景に、フレドリカは目を奪われてしまう。

「首都の繁華街だ。初めて見るだろう？　中央にそびえるのが大聖堂の鐘撞塔《かねつきとう》だ。首都のどこからでも見えるので、道標がわりになっている」

「あの建物は、市庁舎だ。この街ができた時から建っていて、歴史ある建物なのだよ」

「向こうの丘の上に白く見えるお城が、国王陛下のおわす王城だ。あなたは幼い頃は、あのお城にいたのだが、よく覚えていないかもしれないね」

「——うっすらとなら、記憶にあります」

王女という身分だったので、人質といえど王城では豪華な部屋をあてがわれた。が、異国の大人ばかりに囲まれて、幼いフレドリカは心細く鬱々《うつうつ》と暮らしていた。その後、祖国が滅んでしまい、厄介払いのようにユリウスに嫁がされたのだ。少女時代に、楽しい思い出は皆無だった。

ユリウスはフレドリカに、観光案内人のように事細かに通りすぎる景色の説明をしてくれる。なにもかも初めて目にする光景だ。これまで引きこもりみたいに屋敷の中だけにいたので、どの風景もとても刺激的だった。

「ああすごいです」「まあ、なんて大きい」「とても、勇壮だわ」

目を輝かせて歓声を上げていた。

やがて、ショーウィンドウに服が飾られている店ばかりが軒を連ねている通りに出た。

「ここは『ドレス通り』と呼ばれて、一流の仕立て屋ばかりが集まっているところだ。おい、そこで停めてくれ」

ユリウスが一軒の大きな洋装屋の前で馬車を停めさせた。

先に降りたユリウスの手を借りて、馬車を降りる。

「この店は、王室も愛用なされている最高級の仕立て屋だ。あなたになにかドレスを仕立ててあげようと思う」

「え、私に？」

「うん、好きなドレスを欲しいだけ仕立てていいぞ」

「あ、あの……そんな、いいです」

慌てて答えると、ユリウスがちょっと怖い顔になった。

「いやなのか？」

怒っているのかと思って、ぴくりと肩を竦めた。ユリウスが素早く表情を緩める。

「あ、いや——女性は、綺麗なドレスが好きなものだとばかり思っていた」

フレドリカは控えめに答える。

「こんなふうに着飾るのは、とても心が浮き立ちます。でも、私はまだ、袖を通していない素敵なドレスをクローゼットにいっぱい持っていますから。まずそれを着たいです」

ユリウスが目を瞬いた。

「そうか」

「あの、お気持ちはとても嬉しいです。その、できたらウィンドウを見て回るだけでも楽しいと思うのです」

「うん、わかった。では、少し歩こうか」

ユリウスが自分の左腕を曲げたので、フレドリカはそこに自分の右手を添えた。

二人は並んでそぞろ歩いた。

どのショーウィンドウにも流行の最先端の煌《きら》びやかなドレスがたくさん飾られていて、見ているだけでも気持ちがウキウキしてくる。

「あのスカートのレースはとても細かくて、蜘蛛《くも》の糸みたいですね」「そのドレスは、柘《ざく》榴《ろ》色ですね。美味しそう」「あのマネキンのボンネット、とても奇抜な形をしているわ」

声を弾ませて感想を言うたび、ユリウスが穏やかにうなずいてくれる。

初めはショーウィンドウに目を奪われていたのだが、次第に通りを行く人々がやたらとこちらを見ているのに気が付いた。

「だ、旦那様——私、どこかみっともないのでしょうか？　皆さんがジロジロ見ていくような気がします……」

小声で言うと、ユリウスがぴたりと足を止めた。そして、側のショーウィンドウを指差す。

「ほら、そこに映っている人を見てごらん」

「え？」

ガラスには長身のユリウスと寄り添っているフレドリカの姿が映っていた。

「あなたはショーウィンドウに並ぶどのマネキンより、素敵にドレスを着こなしている。誰もがあなたの美しさに、目を奪われているんだよ」

フレドリカは目を丸くする。自分の容姿が他人にどう映るかなど、考えたこともなかった。

「それは違います。旦那様があまりに素敵で格好がいいので、皆さんが見惚れているだけです」

ふいにユリウスが口元を緩める。

「あなたは、私を格好いいと思ってくれているのだね？」

「え、あ」

恥ずかしさに頬が赤くなる。

ユリウスがふっと笑いを漏らした。

「私も、あなたがとても綺麗だと思っている。フレドリカ、あなたを連れて歩けるのが、とても誇らしい」

真剣な黒曜石色の眼差しに世辞や嘘は感じられず、フレドリカは胸がドキドキしてしまう。

しばらくウィンドウショッピングを楽しんだ後、ユリウスが切り出した。

「喉が渇かないか？　小腹も空いたろう？　その先に、美味しいケーキを出すカフェがあるんだ。そこで休まないか？」

フレドリカはぱっと顔を綻ばせる。

「まあ、ケーキですか？　ぜひ行きたいわ」

「よし、では行こうか」

通りを抜けると、テラスがある洒落たカフェに辿《たど》り着いた。

迎えたウェイターにユリウスが名を告げる。

「予約したベンディクトだ」

「これはベンディクト公爵様、お待ち申し上げておりました。どうぞ、こちらへ」

案内されたのは、街の風景がよく見える明るいテラス席だった。

ユリウスが椅子を引いてくれる。腰を下ろすと、フレドリカは物珍しげに店を見回す。

大勢の紳士淑女たちが、歓談しながら午後のお茶を楽しんでいる。

「私、カフェに来るのも初めてです。わざわざ予約してくださったのですね」

「ここは人気店だというからね、せっかく来店したのに満席だったりしたら、あなたががっかりしてしまうだろう？　さあ、好きなものを頼みなさい」

ユリウスがウェイターから受け取ったメニュー表を手渡す。

フレドリカは胸を弾ませながら、メニューを吟味した。たくさんのケーキの名前が並んでいる。

「ああどうしよう、みんな美味しそうで迷ってしまうわ」

目移りしていると、ユリウスが手を挙げてウェイターを呼んだ。

「このメニューに出ているケーキを全部頼む」

フレドリカは自分がぐずぐずしているので、ユリウスが痺れを切らしたのかと慌てる。

「だ、旦那様、私、そんなに食べられません」

「どれも食べてみたいのだろう？　好きなものを好きなだけ食べるといい。なんなら、全部少しずつ味見してもいい。なに、残りは私が全部平らげてあげるから。甘いものは私も大好きだ」

ユリウスが請け合ったので、

「そ、それならば」

と、了承した。

まもなく、テーブルいっぱいに色とりどりのケーキが並べられた。フレドリカは子どものように両手を打ち合わせて歓声を上げた。

「わあ、まるでお菓子の宝石箱みたい」

少し行儀が悪いかとは思ったが、全種類を少しずついただくことにした。

「この果物のタルト、果物はジューシーでタルトはしっとりしてすごく美味しい」「シュークリームのカスタードがとろとろです」「バターケーキが口の中でじゅわって溶けます」「このガトーショコラのチョコレート、ビターでとてもスパイシーだわ」

どのケーキも口にするたびに違った美味しさが口の中に広がり、フレドリカは夢中になって食べ続けた。そんなフレドリカを、ユリウスは幼子を見守る母親のような眼差しで見ている。

「そうか、こっちのももっとお食べ。こちらもまだ味見していないだろう」

彼はフレドリカが手をつけた残りのケーキを、もくもくと平らげていく。よほど甘いものが好きなのだな、とフレドリカは思った。

やがて、テーブルの上のケーキの皿はどれもすっかり空になった。

フレドリカは満足そうにため息をつき、香り高い紅茶をゆっくりと啜った。

「ああ美味しかった。大満足です」

頬を染めて向かいの席のユリウスを見遣ると、彼はやけに顔色が悪い。そういえば、途中から妙に口数が少なくなったなと思い至る。ユリウスはなにかに耐えるような表情でうつむいている。

「旦那様？」

気遣わしげに声をかけると、ユリウスは慌ててウェイターに合図した。

「ピッチャーに水を入れて持ってきてくれ」

と注文する。

ピッチャーが届くと、彼はグラスに水をなみなみと注ぎ、一気に飲み干した。そして続け様に水をあおり、ピッチャーはあっという間に空になった。

「ふう――」

ユリウスは喉のあたりを手で押さえ、大きく息を吐いた。

「なにか喉に詰まらせたのですか？」

フレドリカは慌てて立ち上がると、席を回ってユリウスの背中を撫でた。

「あ、いやもう大丈夫だ。心配しなくていい」

ユリウスはいつものしっかりした表情を作った。

「そろそろ出ようか？　馬車を店の前に回させてあるから」

「はい」

カフェを出る際に、店主が挨拶に出てきた。

「公爵様、奥方様、当店のケーキはいかがでしたか？　全種類を召し上がられたお客様は、開店以来初めてでございまして、誠に光栄でございました」

嫁いできてから屋敷の者以外の人と口を利くのも初めてで、フレドリカは少し緊張しながらも答える。

「とても美味しかったです。旦那様もとてもお気に召したみたい。また来たいと思います」

「ありがとうございます。またのご来店の際には、さらにサービスをさせていただきます」

店主は深々と頭を下げた。

「ごほん、いや店主、そんなに気を使わずともいいぞ」

ユリウスが軽く咳払いしながら声をかけた。

店外に出ると、馬車が歩道の脇に横付けされて待っていた。

二人で馬車に乗り込むと、ユリウスは御者に、

「クリスタルパークへ」

と指示した。今度はどこへ行くのだろう。

「クリスタルパークって、どういうところなんですか？」

「首都でも有数の大きな公園だ。着いてからのお楽しみだよ」

ユリウスが秘密めかして言うので、ワクワクしてくる。

ほどなく、広々とした公園に到着した。

自然の森林を生かした公園で、子どものための遊具場や美しい並木道やボートに乗れる池などが点在している。こんなに開放的な場所に来たのも初めてで、日差しが眩しい。

「すごく広いですね」

「こちらにおいで」

ユリウスに導かれ、しばらく木立の中の小径を歩いていくと、目の前に大きなガラス張りの建物が見えてきた。

「あれは？」

「この国一番の温室だ。先代の国王陛下の肝煎《きもい》りで建てられたもので、これほどの規模のものは、大陸中を探してもないだろうと言われている」

「温室って、どういうところですか？」

「入ればわかるよ」

入り口に係員が立っていて、二人に注意事項を伝えた。

「決してガラスに寄りかからないでください。植物や花を手折ったりしないでください。中には様々な生き物がおりますが、触れたりおどかさぬように。水滴や鳥のフンなどでお召し物が汚れることもございますが、あらかじめご了承ください」

二人は神妙にうなずいて、温室の中に足を踏み入れた。

高いガラス張りの天井から燦々《さんさん》と光が差し込み、中はむっと蒸し暑い。

「わあ……」

緑濃い植物がジャングルのように生い茂り、見たこともない鮮やかな色合いの花々が咲き乱れている。そして、派手な色の蝶《ちょう》や極彩色の鳥が飛び交い、木の間を狐《きつね》とも猿ともつかない小動物が走り回っている。

ユリウスは足元がぬかるんだ狭い通路を、フレドリカを守るように腰に手を回して進んでいく。

「温室は、常に高い気温を保っている。だから、この国には存在しない南国の動植物がここでは育っているんだ。ヒュランデル王国は北方寄りで、どちらかというと寒い地域だからね。先代の国王陛下は、このような珍しい熱帯の生態系を人々に楽しんでもらおうと考案なさったのだ」

「まるで別世界――」

フレドリカはうっとりと南国の風景に見惚れた。

温室の中央には大きな池があり、巨大な睡蓮《すいれん》の葉のような植物がいくつも浮いている。

「あんな大きな葉っぱが、この世に存在するのですね」

「そうだ、見ていてごらん」

ユリウスは池の端まで来ると、フレドリカの手を放した。そして、軽々とした跳躍で、池の上の大きな葉の上に飛び乗ったのだ。

「きゃっ、危ない、旦那様」

フレドリカは驚いて思わず両手で顔を覆ってしまう。

「大丈夫、沈まないよ」

恐る恐る手を開くと、ユリウスは平然として大きな葉の上に立っていた。

「まあ、葉っぱの船のよう」

「あなたもおいで」

ユリウスが手を差し伸べる。フレドリカは怯えて首を振る。

「二人で乗ったら沈んでしまうかも……わ、私、溺れてしまう」

「その時は、泳ぎが得意な私が助けてあげるよ。ほら、勇気を出して」

ユリウスがさらに手を伸ばしてくる。

そうだ。考えたら、一度は死んだ身だ。なにを恐れることもあろうか。

フレドリカはおずおずと右手を差し伸べた。

ユリウスがぐっと手を握り、引き寄せた。

「あっ」

と思った時には、ユリウスの広い胸に抱かれ、大きな葉っぱの上に立っていた。

「すごい、二人乗っても沈まないなんて」

ユリウスがぎゅっと腰を抱えた。

「私もこの葉っぱに乗るのは、少年の時以来だ。父公爵が、怯える私の腰をこうやって抱えてくれてね。懐かしいな」

ユリウスが自分の子ども時代の話をしたのは、初めてだ。彼の人間味が一段と増したような気がした。

なにもかも、初めての経験。

空っぽだった自分の心の中に、どんどんいろいろなものが飛び込んできて、感情が豊かになっていく。

フレドリカは腰に回されたユリウスの両手に、自分の両手を重ねた。ユリウスが背後から小声で話しかけた。

「実はね、フレドリカ。白状すると、私はあまりお菓子が得意ではないのだ。食べられるのは、リンゴのコンポートだけなのだよ」

「え？　だって、カフェではあんなに美味しそうにケーキを召し上がっていたのに」

「それは——あなたが甘いものが好きだと言うから、たくさん食べさせてやりたいと思って、無理したんだ」

「まあ……！」

だからあの時カフェで、ユリウスは気分が悪そうにしていたのか。

「それならそうと、おっしゃってくださればよかったわ。私、また来店しますなんて店主に言ってしまって」

「いや、また行くのはかまわない。だが、次回は食べられるだけにしよう。さすがに、一生分のケーキを食べた気分だ。私の近年の戦いの中でも、かなり熾烈《しれつ》を極めた経験であったぞ」

「ふ、ふふっ」

ふいに心の底から笑いが込み上げてきた。

無骨で雄々しい軍人のユリウスが、ケーキを青ざめるくらい平らげた姿が、目に浮かんでくる。フレドリカのためにそんな無理をしてくれた彼が、とても好ましく、また微笑ましかったのだ。

「ふふ、ふふふ、おかしい、旦那様ったら。あの時幽霊みたいに顔色が悪くなって」

「わ、笑わないでくれ」

身体を震わせて笑うフレドリカに、ユリウスは困惑したような声を出す。だが、そのうち、フレドリカの笑いが伝染したかのように、ユリウスも笑い出した。

「ふふ、私も見栄を張ったものだな、ふふふ」

「うふふ、ふふ」

二人で身を寄せ合って、いつまでもくすくすと笑い続けた。

その後、公園内をゆっくりと散策し、夕刻前に馬車で帰宅した。

二人でぴったりと寄り添って玄関から入っていくと、出迎えたボリスが目を細めた。

「これはこれは、存分に外出をお楽しみになられたようで、ようございました」

ユリウスが顔を綻ばせる。

「うん、久しぶりに童心に返ったよ」

ボリスがさらに目を細めた。

「ご主人様の笑顔を、久しぶりに拝見しましたよ。さあさあお二人とも、お外で汗をかいたでしょう。湯浴みの支度をさせてありますから、晩餐前にさっぱりなさってくださいませ」

ボリスが背後に控えていた侍女たちに指示しようとすると、ユリウスが素早く口を挟んだ。

「いや、二人で入浴するので、私の部屋の浴室に二人分のバスローブやタオルを準備してくれ」

フレドリカは目をパチパチさせた。あまりにユリウスがさらりと言ったので、一瞬言葉の意味がうまく頭に入らず、その後顔から火が出そうになった。

「だ、旦那様っ、そ、そんなはしたないこと、できませんっ」

「なぜだ？　なにを恥ずかしがる？　私たちは夫婦だろう？」

「ふ、夫婦だって、恥ずかしいものは恥ずかしいんですっ」

「もっとあなたと親密になりたいと思ったんだが」

ボリスや侍女たちの面前でぬけぬけと言われ、フレドリカは羞恥で穴があったら入りたいくらいだ。

「もうっ、知りませんっ」

フレドリカはユリウスの手を振り解くと、いちもくさんに階段を駆け上がり、自室に飛び込んでしまった。

扉を閉めると、大きく息を吐く。

「はあっ……」

ユリウスの言動は、初心なフレドリカには配慮に欠ける部分があることは否めない。しかし、十年以上も冷えた夫婦関係だったので、互いのことがまだよく理解できないのは仕方ないことなのかもしれない。

確かに恥ずかしくて頭に血が上ったのだが、皆の前で、

「あなたと親密になりたい」

と言われたことに、こそばゆく嬉しい気持ちになったのも確かだ。

呼び鈴を振って侍女たちを呼び、入浴の支度をさせた。

普段は侍女たちが背中を流してくれるのだが、今日は初めての外出で気疲れしたこともあり、一人にさせて欲しくて人払いした。

白と青のタイル張りの明るい浴室の獅子《しし》脚のついた金張りの広い浴槽には、なみなみと湯が張られてあった。フレドリカはお気に入りの薔薇《ばら》の入浴剤をたっぷりと湯に混ぜ、四肢をのびのびと伸ばした。

「ああ……楽しかったわ」

目まぐるしい一日だったが、とても刺激的で気持ちが高揚した。これまでずっと部屋に引きこもっていて、なんと味気ない人生を送っていたのだろうとしみじみ思う。

ふと、背後で遠慮がちに扉がノックされた。

「――フレドリカ、フレドリカ、いるか?」

ユリウスの声だ。

心臓が甘く跳ね上がったが、わざとツンとした声を出す。

「おりますけれど?」

「すまない――無神経なことを言った。ボリスに説教されてしまったよ。皆の前で、純真なあなたに恥をかかせた」

素直に謝りにきてくれたことにさらに胸が高鳴ったが、すぐに許すのもなんだか癪《しゃく》なので、もっと冷ややかな声を作った。

「あんな恥ずかしかったことはありません」

「許してくれ――私は、少し浮かれていたんだ」

「え？」

「あなたと夫婦として外出したのがあまりに楽しくて、年甲斐《としがい》もなくはしゃいでしまったのだ」

「……」

そんなふうには見えなかった。だが、好きでもないケーキをたらふく食べたり、少年みたいに葉っぱの上に飛び乗ったりしたことを思い出すと、これまでのユリウスの印象とはがらりと違っていた。

「それでつい、皆の前であなたと親密なところをひけらかしたくなったんだ。大人げないと、反省している」

「……仕方ありませんね」

「許してくれるか？」

「ええ、もう怒っていません」

「そうか」

浴室の扉がいきなり開いた。

「きゃあっ」

フレドリカは反射的に顎まで湯船に浸かって身を隠した。

浴室の入り口に、長身のユリウスが、肩を落として立っている。シャツにトラウザーズというラフな格好だが、スタイルがいいのでなにを着ても似合っている。だが、しょんぼりしたその姿が、叱られた大型犬みたいで、ずっと年上の夫なのに可愛らしいと思ってしまう。

「すまなかった」

「も、もう、わかりましたからっ、で、出て行ってくださいっ」

フレドリカは浴槽の中で身を丸くした。

「仲直りしたい」

ユリウスは逆に、裸足《はだし》になりすたすたと浴室の中に入ってきた。フレドリカはドギマギしながら、さらに身を硬くする。

ユリウスが浴槽の縁に腰を下ろし、上半身を屈めて顔を寄せてきたので、フレドリカは自然と目を閉じた。小鳥が啄《ついば》むような口づけが額に落とされる。素早く彼の唇が下りてきて、ちゅっと唇にも口づけした。擽ったくて、肩を竦めた。

「仲直りの印だ」

「はい」

「では、一緒に入浴しよう」

「えっ、まさか、ほんとうに？」

「本気だよ」

「む、無理ですっ」

「充分二人で入れるよ」

「そ、そういうことではなくてっ……」

「男女の仲直りには、肌を合わせるのが一番だ」

「いえいえいえ、無理ですっ」

「もうなにもかも見せ合ったではないか」

「う、いえあの、でも恥ずか……」

ユリウスはかまわず、さっさとシャツを脱ぎ始めた。筋肉質の引き締まった上半身が露わになる。

昨夜睦《むつ》み合った時は薄闇の中だったので、ユリウスの裸体をまじまじと見るのはこれが初めてである。

よくできた彫像のように美しくて、恥ずかしさも忘れてちょっと見惚れてしまった。だが、次に彼がトラウザーズも下穿《したば》きも脱ぎ始めたので慌てて目を逸らした。

全裸になったユリウスは、そのまま浴槽を跨《また》いできた。

「ひゃ……」

肩を竦めると、ユリウスはフレドリカの背後に回って後ろから抱き抱え、ざぶりと身を沈めてきた。

ざあっと湯が溢れ出る。

「気持ち良いな」

ユリウスはのんびりした声を出し、長い足をゆったりと伸ばした。

そして、湯を掬ってはフレドリカの肩にかけてくれる。

「今日は慣れない外出に疲れたろう、よく温まって寛ぐんだよ」

「う、あ、はい……」

こんな状態ではぜんぜん寛げないと思う。

「そんな緊張しなくていい、もっと私に寄りかかってごらん」

「は、はい……」

おずおずと背中をもたせかけると、ユリウスは右手をフレドリカの腰に回して引き寄せ、ふかぶかとため息をついた。

「ああ、生き返るな」

彼の言葉にちょっと心臓がドキリと跳ねた。生き返った我が身を、今、ユリウスが抱き抱えていると思うと、なんともやるせない気持ちになった。同時に、彼とこんなにも親密になれたことが、嬉しい。

次第に緊張もほぐれてきて、二人はぽつぽつと今日の外出のことなどを語り合った。

「明日はどうしたい？　なんでもあなたに付き合うよ」

「そんな……休暇は数日しかないのでしょう？」

「そうだが、あなたのために費やすと決めたから」

「それなら――明日は、旦那様が行きたいところや食べたいものがある場所に連れて行ってください」

「それでいいのか？　私の行きたいところなど、馬の市場とか、射撃場とか、鳥のフライのある立ち食いの屋台とか、到底貴婦人が喜びそうもない粗野な場所だぞ」

「まあそれ、とても興味深いです。行ってみたいわ」

「あなたがそう言うのなら――」

「私は、前に言ったけれど、旦那様のことをもっと知りたいの」

その気持ちに嘘はない。ユリウスを深く知り、彼の命を救うことが、生き戻った自分の使命だと感じていた。

「そうか、私もあなたのことをもっと知りたいな」

ふいにうなじにちゅっと口づけされ、フレドリカはぴくんと肩を竦めた。

「あっ」

ユリウスはそのまま、首筋に口づけを落としていく。彼の唇が触れた部分が、ひりひりと灼けつくように熱くなってくる。彼の両手が背後から伸びて、乳房を包んで揉み込んできた。きゅっと乳首を摘まれると、身体の奥がざわついて淫らな気持ちになってくる。

「あ、だめ、ふざけないで……」

フレドリカは身を捩って、彼の動きから逃れようとした。

「あなたのことをもっと知りたいと言ったろう？」

ユリウスが下腹部をフレドリカの尻に押し当ててきた。そこが硬く漲《みなぎ》っているのを感じて、フレドリカはびくんと腰を浮かせた。

「やだ、もう、こんなところで——あっ、ん」

諫《いさ》めようとしたのに、無骨な指の間でこりこりと乳首を転がされると、甘い刺激が下肢に走って、子宮の奥がきゅうっと猥りがましく痺れてくる。

一度悦楽を覚えてしまうと、肉体というのはなんとたやすく官能へ堕ちてしまうのだろう。

「睦み合うのは、ベッドでなくてもいいではないか？」

ユリウスの片手がフレドリカの股間に下りてきた。長い指先が、花弁をまさぐる。ぬるぬると擦られると、甘い疼きに両足が緩んで開いてしまう。

「んっ、や、あ」

「このぬるぬるしたものは、お湯ではないようだが？」

ユリウスが意地悪くささやき、片手で乳首をいじりながら蜜口の浅瀬を掻き回してきた。

「あん、あ、あ、だめ……ぁあ……」

感じ入った腰が勝手にくねくねと蠢《うごめ》いて、尻の下で熱く息づくユリウスの欲望を擦ってしまう。

「そんなに淫らに腰を振って——誘っているのかな?」

「ち、がいます……っ、あ、あぁ、あ、そこ、は、だめぇっ」

ぬるつくユリウスの指先が、秘裂の上部に佇む秘玉に触れてくる。刺激に芯を持ち始めた包皮から顔を覗かせた花芽をくりくりと抉られると、腰から下がトーストの上のバターみたいに蕩けてしまう。

「ふ、ふぁ、あ、はぁ、はぁぁん」

「ほら、こんなにここを膨らませて。あなたの身体はとても正直だね」

ぱんぱんに膨れた陰核を優しく執拗にいじられるたびに、感じ入ってしまい、腰がぴくんぴくんと跳ね上がった。

浴室の中に自分の恥ずかしい鼻声が反響する。

「ほら、そんなに甘い声を上げると侍女たちに聞こえてしまうよ」

「んっ、んんん——」

必死に唇を引き結んで、声を抑えようとした。だが、喉奥から込み上げてくる喘ぎ声を呑み込んでいると、逃げ場を失った淫らな疼きが下腹部に溜まってしまい、居ても立ってもいられなくなる。

フレドリカは声を震わせて懇願する。

「ぁ、あ、旦那様、も、う……許して……ください」

「だめだめ、もっとして欲しいと言うんだ」

「や……そんなこと……っ」

「これでも？」

ユリウスは凝《しこ》りに凝った乳首と、充血しきった花芽を同じリズムでコリコリといじり倒す。

「ああ、あ、あ、だめえっ」

媚肉が熱く熟れて、隘路のもっと奥を擦って欲しいという猥りがましい欲求で、頭が煮え立ちそうになる。

フレドリカは息も絶え絶えになって、肩越しにユリウスを濡れた目で見遣った。

「も、もう……旦那様……お、願い……なんとか、して……」

ユリウスが顔をくしゃっと歪《ゆが》め、やるせない眼差しになる。

「ああもう、そんな目で見るなんて――反則だぞ」

やにわに、ぬくりと骨太な指が媚肉の狭間に押し入って、ゆっくりと濡れ襞を擦り始めた。

「あっ、あぁ、はぁ、あぁぁん」

疼ききった媚壁を指が出入りすると、気持ちよくて堪らなくなり、声を抑える余裕がなくなってしまった。

熟れた媚肉はユリウスの指をしゃぶり尽くすように締め付け、もっと満たして欲しい、もっといやらしいことをして欲しいと訴える。

「すごく締め付けてくるね、フレドリカ、気持ちいいのかい？」

ユリウスは指をうごめかせながら、フレドリカの耳朶を甘嚙みしてささやく。その軽い疼痛《とうつう》にすら、甘く感じ入ってしまう。

「はぁ、あ、い、いい……気持ち、いい……」

恥ずかしい言葉が唇から漏れてしまう。そして、指で刺激を受けるほどに、もっと太くて大きなもので満たして欲しいと願ってしまう。自分の尻にごつごつ当たるユリウスの灼熱の欲望が欲しくて欲しくて堪らない。

「んんぁ、あ、旦那様ぁ……」

フレドリカは求めるように尻をくねらせて、肉棒を擦り立てた。

「そんなにいやらしく腰を使うなんて——覚えのいい、いけない身体だね」

ユリウスが低く掠れた声で言い、股間から指を抜き去った。

「あ、いやぁ……」

思わず非難めいた声を漏らしてしまう。

ユリウスはその手でフレドリカの右手を摑み、後ろに回して自分のそそり勃つ肉棒に触れさせる。

「これが、欲しいかい？」

太くてびくびくと脈動する剛直の手触りに、胎内の奥が痛いほどに反応した。

「あ、あぁ、あ、ほ、欲しいです……」

もはや一刻の猶予もなくなり、フレドリカは屹立を扱くように手を動かしながら、切羽詰まった声で訴えた。

「ああ、いやらしくおねだりするのも可愛いね、フレドリカ」

ユリウスが感に堪えないという声を漏らし、滾った自身の欲望の先端を、フレドリカの尻の狭間に押し当ててきた。

「あっ？　う、後ろから？」

まさか、そんな恥ずかしい体位があるとは思いもせず、フレドリカは狼狽える。

だが、背後から肉棒をぬるぬると擦り付けられると、触れられた箇所が熱く燃え上がって心地よくなってしまう。

「だ、め……はぁ、あ、あぁ……ん」

「すっかりここが蕩けているね、いくよ、フレドリカ」

ユリウスは艶めいた声でささやくと、一気に押し入ってきた。

され、身体が小刻みに震える。


「あ、あああーーっ」

最奥を貫かれ、脳芯まで痺れる快感が走り抜ける。求めていたモノでめいっぱいに満たされて、身体が小刻みに震える。

「ああ熱い、あなたの中、奥が吸い付いて堪らないよ」

ユリウスは両手でフレドリカの細腰を包み込むと、自分の膝の上に抱き上げるような形にして、真下から腰をがつがつと穿ってきた。

激しい抽挿に、湯がばしゃばしゃと大きく波打ち、浴槽から溢れ出る。

「あ、あぁ、あ、あ、深い……っ」

これまでと違う、奥の感じやすい箇所を突き上げられ、どうしようもなく乱れてしまう。

「んんぅ、ん、だめぇ、そんなにしちゃ……奥、当たって……」

腰全体をがくがくと激しく揺さぶられ、きゅううっと媚肉が収斂《しゅうれん》する。

「く——っ、フレドリカ、そんなに締めては、すぐに終わってしまう——」

ユリウスがくるおしげな声を吐いた。

「あぁん、だって……止められないのぉ……」

聞いたこともない色っぽい声に、フレドリカのほうが先に達してしまいそうになる。

「また締まる——悦いね、すごく、悦い」

ユリウスはしっかりとフレドリカの腰を抱え直すと、少しゆったりした動きで肉楔を穿ち始める。

太い肉胴と膨れた陰嚢《いんのう》が内壁と後孔を同時に刺激して、背徳的な快感を生み出した。

「あぁあ、あ、あ、い、あぁ、あ、い、いい……っ」

白い喉を仰け反らせ、甲高い嬌声を上げて身悶《みもだ》える。

ずんずんと亀頭の先端で子宮口近くまで突き上げられると、深い悦楽で頭が真っ白になった。

「やぁ、あ、達っちゃう、あぁ、また……っ、いやぁん」

「いいんだ、何度でも、達ってごらん」

ユリウスは歯を嚙み締めて、吐精感に耐えながら、さらに深い挿入を繰り返す。

「あ、あ、あぁ、すごい、あぁ、すごい、奥、当たって、あぁ、すごい……っ」

明るい浴槽で恥ずかしい体位で睦み合う背徳感も、官能の悦びに支配されてしまうと、快感に拍車をかけるだけになった。

「はあっ、あ、あ、も、あ、も、う、だめぇっ」

フレドリカは長い濡れ髪を振り乱し、甘くすすり泣く。

「ふ——私も、もう終わる——フレドリカ、一緒に達こう」

ユリウスが息を弾ませ、仕上げとばかりにずちゅぬちゅと激しく隘路を突き上げた。

「あ、あ、や、あ、あ、あぁあ」

四肢が強張り、子宮の奥が小刻みに痙攣し、フレドリカは絶頂を極める。

「っ――」

ユリウスが大きく息を吐き、最奥に白濁の飛沫をたっぷりと浴びせた。

「……あ、は、ぁ……あ……」

腹の奥がじんわり熱くなるような気がした。絶頂の余韻に媚肉が断続的にひくつき、ユリウスの肉茎を締め付け、それがまた緩やかな快感を生み出した。

ゆっくりとユリウスが抜け出ていくと、愉悦の波が徐々に引いていく。

ユリウスは背後からぎゅっとフレドリカを抱きしめ、耳元で低い声でささやく。

「とても悦かったよ」

「んゃ……ぁ」

正気に戻ってくると、はしたなく乱れてしまったことが恥ずかしくなる。

「ひどいです……こんなところで……」

「でも、感じたろう？」

「意地悪……」

「ふふ」

ユリウスは含み笑いをしながら、浴槽の側の壁に設えた陶器製の棚から海綿を取った。

「お詫《わ》びに、あなたの身体を隅々まで洗ってあげるから」

彼はシャボンを海綿で泡立てると、フレドリカの首筋から優しく洗い出す。

「いえ、そんなこと——」

断ろうとしたが、ユリウスはフレドリカの世話を好んでしたがることに思い至り、逆らわないことにした。それに、こんなふうに甘やかされるのは、内心擽ったく嬉しいことでもあった。

しかし、ユリウスに対する高感度が上がるにつれ、ますます彼を死地に行かせるわけにはいかないという思いが強くなった。どうすればいいのか、自分に何ができるのか、自問自答を繰り返す。

その後、数日間のユリウスの休暇中、二人はずっと一緒に行動を共にした。

ユリウスの行きたいと言っていた、馬の市場や射的場、立ち食いの屋台にも同伴した。ずっと引きこもっていたフレドリカにとって、何を見ても何をしても何を食べても、新鮮で刺激的だった。

そして、夜はユリウスに濃密に抱かれ、官能の悦びを深めていったのだ。

一方で、軍人として仕事に誇りを持っているユリウスを、この屋敷に引き止めておく術がなかなか思いつかない。でも、むざむざとユリウスを死の運命に向かわせるわけにはいかない。

休暇の最終日の夜、フレドリカはある決意を胸に秘め、ユリウスの書斎に向かった。

ユリウスは明日の出立の準備をしているはずだ。

「旦那様、少しお時間、よろしいでしょうか？」

扉越しに声をかけると、ユリウスと何か打ち合わせでもしていたらしく、ボリスが扉を開けてくれた。

入っていくと、執務机の前で書類に目を通していたユリウスがこちらを振り返り、気遣わしそうに言う。

「待たせてすまないね、明日の支度に手間取ってしまって」

「いいえ、どうぞそのままで」

フレドリカはユリウスの前まで進み出ると、彼をまっすぐ見上げた。

「明日は駐屯地へ、お戻りですね」

「うん、またしばらくあなたに留守番をさせてしまうことになるが――」

「そのことですが……」

遠慮がちに切り出した。

「このままお屋敷にとどまることはできないのでしょうか？」

ユリウスが意外そうな顔になった。

「どういう意味だろうか？」

「どうして高位貴族のあなたが、わざわざ僻地《へきち》の駐屯地へ赴かねばならないのですか？」

なんとかして、ユリウスを引き止めたかった。

ユリウスは眉を顰め、わずかに言い淀《よど》んだ。

「それは——王命だからだ」

「国王陛下は、どうして旦那様を地方任務になど——」

ユリウスが被せ気味に答えた。

「中央だけではなく、地方の守りも大事なお役目なのだよ」

彼の表情は厳しく、フレドリカには説得できそうになかった。

それならば——。

フレドリカは一呼吸おいて、きっぱりと言った。

「どうか、私も駐屯地に同伴させてください」

「え？」

思いがけない言葉だったのか、ユリウスが目を瞠った。

「あなたが私と共に行くというのか？」

「はい。駐屯地には、旦那様のための小さいお屋敷もあると聞きました。ですから、私はそこで暮らそうと思うのです」

「——」

ユリウスが声を失っている。突然の申し出に戸惑っているのかもしれない。

無理もないだろう。

これでずっと屋敷に引きこもって、ろくにユリウスと顔も合わさなかったのに。

だがこのままユリウスを一人で駐屯地へ行かせては、一年後には、彼の戦死とこの国の滅亡と自分の死が待っているのだ。ユリウスを引き止めることができないのならば、その未来を変えるには、せめて自分がユリウスの側にいて、悪しき運命を変えるように努めるしかない。

だが一方で、純粋ににユリウスと離れてしまうことがとても辛い、と感じている。

この数日間、妻としてユリウスと濃密な時間を過ごした。以前には味わったことのない経験をたくさんした。それは、あまりにも刺激的で楽しいことばかりだった。

ユリウスと、人生をやり直したいと強く思ったのだ。

ふいに固まっていたユリウスの顔が綻ぶ。

「そんなことを言ってくれるとは——とても嬉しいよ、フレドリカ」

心からそう思っているような口調に、フレドリカはほっと胸を撫で下ろす。だが、ユリウスはすぐに厳しい表情になった。

「だが、戦場ではないとはいえ、駐屯地は国境に近い辺境だ。いつ敵の侵略があるやも知れぬ。いたいけなあなたを、そんな場所に連れて行くのは忍びない——その、観光地ではないのだよ」

ユリウスは、フレドリカが旅行気分で同伴したいと言い出したと解釈したのだ。

違う。

危険は承知だ。だが、一度悲惨な死を遂げた身で、再び同じ死を迎えたくない。未来の自分の死を回避するには、ユリウスを死なせてはならないのだ。

「そんなことは、わかっています。でも、私は行きたいのです。あなたの妻として、役目を果たしたいのです」

必死になって言い寄った。

「フレドリカ――」

ユリウスはフレドリカの真剣な態度に圧倒されたようだ。顔に迷いが出ている。その表情には、フレドリカのことを思い遣る気持ちがありありと出ていて胸を打たれた。

フレドリカは思わず口にしていた。

「旦那様と一緒にいたいんです！」

それこそが、本音だった。

「フレドリカ――私だって、あなたと一緒にいたい」

ユリウスが打てば響くように答えた。

「旦那様……」

「フレドリカ」

二人はじっと見つめ合う。

「よろしいではないですか、ご主人様。士官の中には、家族を連れて駐屯地で生活する者も大勢おります。せっかくお二人が仲よくなられたのですから、ぜひ、奥方様の気持ちを汲《く》んで差しあげてください」

ふいにボリスが口を挟んだ。

「及ばずながら、このボリスもお供しましょう。奥方様の手助けやお力添えをいたしまする。なに、屋敷のことは副執事に任せても大丈夫ですよ」

ユリウスがボリスに顔を振り向ける。

「ボリス——行ってくれるか？」

「無論です」

ユリウスがほっと息を吐いた。

「では、決まりだ。あなたを連れて行こう。出立は一日延ばそう。すぐに、侍女たちに命じて、あなたの旅の支度をさせる」

フレドリカはぱっと顔を輝かせた。

「いいのですね？」

「ああ」

「嬉しい！　私、一生懸命旦那様のお世話をしますから」

フレドリカはユリウスの腕に飛び込んではしゃいだ。

「そんな可愛いことを言って」

ユリウスの大きな手が、フレドリカの頭を優しく撫でた。

「ええおほん、お二人とも、そうと決まったからには、大急ぎで荷支度にかかりますぞ」

ボリスが促すように咳払いをしたので、二人はさっと身を離し、互いに顔を赤らめた。

こうして、フレドリカはユリウスについて、西の国境沿いにある駐屯地へ赴くこととなったのだ。

フレドリカの二度目の人生が大きく動き出した瞬間であった。

第三章　駐屯地での甘い生活

それは、ベンディクト家に嫁いできて以来の、初めての旅行であった。

大きな荷馬車に移住用の家財道具を載せ、侍女やボリスたちの乗った別の馬車と共に、旅行用の頑丈な馬車に乗り込み、遥《はる》か西の国境地へ出立した。

中央を離れて地方に入ると、宿屋のない地域も多い。そのために旅行用の馬車は、座席を倒すとベッドになり、夜はそこで休むことができるようになっていた。決して寝心地がいいとは言えないが、野営するという体験の新鮮さにワクワクが止まらない。

ユリウスは途中で馬を替えながら、護衛の兵士たちと共に馬車の横を伴走した。道中、フレドリカの馬車が盗賊などに襲われないように、自分も護衛役を買って出たのだ。そして、旅行に慣れていないフレドリカのために、いつもなら三日で辿り着く日程を、七日かけてゆっくりと移動した。

ユリウスはフレドリカを気遣い、

「馬車酔いはしていないか？」「疲れてはいない？」「よく眠れているか？」「食欲はある

か？」

など、常に声をかけてくれる。

そして、夜は篝火《かがりび》を絶やさず、眠っているフレドリカや使用人たちの馬車の周りを、護衛の他の兵士たちと交代で寝ずの見張りに立った。

逆にフレドリカのほうが、ユリウスが体調を崩してしまわないかと心配になるほどだ。

フレドリカといえば、初めての旅行に興奮しっぱなしであった。

賑やかで都会的な首都を出ると、風景は一変した。

延々と続く小麦畑、広々とした牧草地に放たれた無数の羊や牛、地平の向こうまで広がる草原、そして雪を頂く山並み——なにもかもが、初めて見る光景ばかりで、目を奪われ心震える。

世界はなんて広いのだろう。

以前の自分は狭い世界に閉じこもったまま、虚しく死んでしまった。

この景色を見られただけでも、死に戻った意味はあったとすら思う。

七日後の昼過ぎ、ユリウスが馬車の窓際に馬体を寄せ、中のフレドリカに声をかけてきた。

「フレドリカ、もうすぐ、駐屯地のあるアルマダ区に到着するぞ」

「ああ、とうとう着いたのですね——」

フレドリカはドキドキしながら窓から顔を覗かせ、進行方向を見遣った。

街道の先に、高い連峰が見え、その麓に山村と軍の駐屯地があった。

駐屯地の入り口には、ユリウスの率いる駐屯騎兵部隊の兵士たちが整列していた。

兵士たちの前まで近づくと、ユリウスは旅の一行を止め、ひらりと下馬した。

一人の茶髪の兵士が前に進み出てきた。がっちりした体型の、人の好さそうな垂れ目の面立ちだ。彼はよく通る声を張る。

「ベンディクト大佐殿、無事のご帰還、一同謹んでお出迎えいたします！　アルマダ地区に、異常はございません！」

「うむ、ヘルマン少佐、私の留守をよく守ってくれたな」

ユリウスは威厳のある声で答え、兵士たちをぐるりと見回した。

「皆、ご苦労だった」

「ははっ」

ヘルマン少佐始め全員が恭しく頭を垂れる。

と、兵士たちの背後から、侍女たちを引き連れた一人の女性が進み出てきた。歳の頃は二十代後半か、真っ赤な髪をした肉感的な美女だ。彼女はユリウスの前で、貴婦人の作法で一礼した。

「ユリウス様、よくぞご無事でお帰りくださいました」

「アンドレア、寄宿舎の兵士たちの世話、ご苦労だったな」

アンドレアと呼ばれた美女は、顔を上げてニッコリする。

「いいえ、ユリウス様のおためでしたら——」

「ああ、皆に紹介したい人がいるのだ」

ユリウスは振り返り、フレドリカの馬車に近寄った。御者が素早く、補助段を馬車の前に置いた。ユリウスは扉を開き、フレドリカに手を差し伸べた。

「さあ、おいで」

「は、はい」

ユリウスに右手を預け、ドキドキしながらゆっくりと馬車を降りた。

フレドリカが現れたとたんに、出迎えの兵士や侍女たちの間に、ハッと緊張した空気が走った。

これがユリウスの部下たちとの初顔合わせだ。フレドリカも緊張感が高まり、脈動がますます速まった。

ユリウスはフレドリカを兵士たちの前まで導く。

そして、朗々とした声で言った。

「彼女が、私の妻のフレドリカだ。長らく首都の屋敷で留守を守っていたが、このたび、私とこの地に同伴してくれた。以後、ここに居住することになる。どうか、皆、我が妻を支えてやって欲しい」

「──妻ですって?」

アンドレアが低く呻《うめ》くような声を出すのが耳に入った。

ユリウスが小声でフレドリカを促す。

「フレドリカ、皆に挨拶しなさい」

「はい……」

フレドリカは半歩前に進み出ると、深呼吸してからなるだけ優雅な動作で一礼した。

「ユリウスの妻、フレドリカ・ベンディクトでございます。慣れない土地ゆえ、皆様にご迷惑をおかけすることもあるかと思いますが、精いっぱい務めます。これからよろしくお願いいたします」

馬車の中でずっと考えてきた挨拶のセリフを、うまく伝えることができただろうか。心臓がバクバクいっている。恐る恐る顔を上げると、ヘルマン少佐が明るい声で言った。

「これは一大事ですな。大佐殿の奥様が、こんなに若くてお美しい方であられたとは!大佐、奥様があまりにお綺麗なので、これまで出し惜しみしておりましたな!」

ヘルマン少佐が陽気に笑う。

するとユリウスは、

「その通りだ。皆、フレドリカに岡惚れせぬようにな。特にヘルマン、貴様は独り者だし惚れっぽいから要注意だぞ」

と、さらりと返した。

「ひどいですなぁ、大佐」

ヘルマン少佐がおどけて頭を掻く。フレドリカは気恥ずかしそうに頬を染めてうつむいた。兵士たちからどっと笑い声が起きた。その場の空気がみるみる和らいだ。

ユリウスと兵士たちの間の親密さが窺われ、フレドリカはほっと息を吐いた。

「奥様、アルマダ地区駐屯兵一同、歓迎申し上げます！」

ヘルマン少佐がキリッと姿勢を正し、さっと敬礼した。

すると、一瞬で背後の兵士たちが直立不動になり、倣って敬礼する。

その一糸乱れぬ動きに、フレドリカは感動してしまう。普段から、ユリウスの訓練が行き届いている証だろう。

なんだか自分のことのように誇らしい。

ユリウスがそっと寄り添い、フレドリカに優しく目配せする。

「どうやら、あなたは一瞬で我が兵士たちを虜にしたようだぞ」

「そんな……皆さん、とても寛大に迎えてくださって、嬉しいです」

フレドリカはユリウスを見上げた。

と、フレドリカは、誰かの鋭い目線を感じ、そっとあたりを見回した。すると、アンドレアがくるりと踵《きびす》を返して宿舎の方に歩き去っていくのが見えた。彼女が睨《にら》んでいたのだろうか。

その時、ユリウスがふと眉を顰めた。

「なにやら酒臭いぞ」

彼はさっと兵士たちを振り返った。そして、目ざとく、隊列の後方にいた一人の兵士を指さす。赤ら顔の太った兵士は、びくりと肩を竦めた。

「ガスペル曹長！　また深酒か？　私が常々お前に酒癖の悪さを注意していることを忘れたか？」

ガスペル曹長は狼狽えた声で答える。

「た、大佐、私は夜勤明けでして、その寝酒を少々嗜《たしな》んだだけであります」

ユリウスは厳しい表情でガスペル曹長を睨んだ。

「士官の前では常に気をつけの姿勢を取ることを忘れたか？　酒気を帯びて公務に出るのは規律違反だ。あとで始末書を書け」

「はっ」

ガスペル曹長は慌てて直立不動になったが、その顔はひどく憎々しげであった。

フレドリカはユリウスの軍人としての態度を目の当たりにし、身が引き締まる思いだった。死に戻ってからは、私人として物腰の柔らかい温厚な振る舞いしか見てこなかったので、公務に対する彼の厳格さは清々しくさえあった。

フレドリカが真顔になったことに気が付いたのか、ユリウスは小声でささやく。

「驚かせたかな。しかし、軍隊に一番大切なものは規律なのでね。あの者は普段から生活態度がかんばしくないのだ」

「いいえ、旦那様のお仕事の厳しさを垣間見た思いです」

その答えに、ユリウスがふっと表情を緩める。

「軍人の妻として、いい心がけだ」

褒められて、フレドリカは頬を染めて恥じらった。

「えほん、大佐、それではこれで解散でよろしいでしょうか？」

ヘルマン少佐が声をかけてきたので、ユリウスはさっと表情を引き締める。そして、きびきびとした声で兵士たちに命令した。

「では、解散！」

兵士たちが、それぞれの持ち場へ移動していく。

「奥方様、ご主人様のお屋敷にご案内しましょう」

ボリスが背後から控えめに声をかけてきた。

「そうだな。私はいろいろ報告や業務の引き継ぎがあるので、先にボリスたちと屋敷に行って休んでいなさい。お茶の時間には戻るよ。ボリスは以前、駐屯地を訪れたことがあるので、勝手を知っているからね」

ユリウスにそう促され、フレドリカはうなずいた。

「承知しました。奥様、こちらへ――」

ボリスに手を引かれ、駐屯地の南側に位置する、兵士たちの宿舎のある場所へ向かう。

通りすがりの兵士たちは、フレドリカの姿を見ると道をあけて恭しく一礼した。

「その大きな建物が、士官たちの屋敷で、兵士たちの宿舎はさらに奥に並んでおります」

ボリスは一番手前の赤い屋根の建物を指差した。

「そちらがご主人様のお住まいです。奥方様のお荷物は、先に侍従に命じて運ばせてあります」

「わかったわ、行きましょう」

建物の前まで来ると、玄関先にアンドレアと元からいた侍女たちが並んで待ち受けていた。アンドレアは、慇懃《いんぎん》に頭を下げる。

「奥方様、お荷物は私どもで、奥様のお部屋にお運びし、荷解きを済ませてあります」

「ありがとう、あなたは……ええと」

「アンドレア・デュバイでございます。ずっとこの駐屯地で侍女長として、ユリウス様の身の回りのお世話をさせていただいております」

「そうでしたか。旦那様がお世話になりました。これからは、私がここで妻として旦那様のお世話をしますから――」

するとアンドレアは、素早く口を挟んだ。

「失礼ながら――奥方様はこの地に参られたばかりで、勝手がわからないことでしょう。これからも、私どもにお世話をお任せくださいませ」

少々押しの強い言い方に、フレドリカは戸惑う。すると、ボリスが取りなすように言った。

「奥方様、馴染むまではしばらく、彼女たちに補佐してもらうのがよろしいかと」

ボリスはさりげなく、あくまで女主人はフレドリカであるとアンドレアに釘《くぎ》を刺した。

アンドレアは鋭い眼差しでボリスを睨んだが、すぐに顔を伏せた。

「かしこまりました。では、私どもは通常の家事に戻ります。晩餐は、ユリウス様のお好きな献立にいたしましたので、あとで確認をお願いします。もし何かありましたら、お呼びください」

アンドレアは侍女たちを引き連れて、屋敷の中に姿を消した。

初めて会ったというのに、アンドレアからずっと妙な敵意を感じている。それと、彼女の名前に聞き覚えがあるような気がした。

ボリスに導かれ、屋敷の二階の奥に用意された自分の部屋に向かった。廊下を進みながら、ボリスは声を潜めて言った。

「奥方様、彼女はアルマダ地方の男爵家の生まれで、実家が落ちぶれて、ここに働きに出たそうです。元が貴族の出なので、少々気位の高いところが残っているのかもしれません。しかし、これからは奥方様がここの女主人なのですから、もっと堂々となさってよいのですよ」

「それはそうだけれど……」

さっきから、記憶の隅になにか引っかかっていた。

「あ」

思わず声が出た。

「どうなさいましたか?」

ボリスが不審そうにたずねたので、慌てて首を振った。

「あ、いいえ。お部屋に着いたら、同伴してきた侍女たちを寄越してください。まず、着替えたいわ」

「かしこまりました」

部屋の中は綺麗に掃除されてあったが、運ばれたフレドリカの荷物は解きもせずにそのまま床に積み上げてある。そこにもアンドレアの悪意を感じた。

と、荷物の陰から一匹の猫がひょいと顔を覗かせた。ずんぐりした茶トラの猫だ。

「まあ、可愛い猫だわ」

フレドリカが近づこうとすると、猫はフーッと毛を逆立てて威嚇したかと思うと、ぱっと部屋から逃げ出していった。たちまち姿が見えなくなる。

「おどかしてしまったかしら……」

「数年前からご主人様が駐屯地で飼われている猫ですね。人馴れせず、めったに姿を見ることがないのです」

「旦那様は、猫がお好きなの？」

「どうでしょうか。僻地はネズミも多いので、ネズミ捕り代わりでしょうか」

「そうなの――」

「では、私は侍女たちを呼んで参ります。しばしお部屋でお待ちください」

ボリスが去ると、フレドリカはソファに腰を下ろし、死に戻る前の記憶をじっくりと思い出す。

最後にユリウスと口論となったきっかけは、駐屯地に愛人がいるという噂だった。その愛人の名前が確かアンドレアであったことを思い出した。

あの時、二人は喧嘩別れし、そのままユリウスと二度と再会を果たさないまま、彼は戦死してしまったのだ。そして、その後は国の命運も自分の命も尽きてしまった――。

「彼女が、アンドレア……」

長いこと駐屯地で単身赴任の身だったユリウスに、愛人がいてもおかしくなかった。あんなに美人で、しかも出自は貴族だという。側に彼女のような女性がいたら、ユリウスだってもしかしたら――。

そこまで考えると、心臓がぎゅうっと摑まれたように痛んだ。

以前はこの胸を抉るような気持ちがなんであるか、わからなかった。わからないまま、ユリウスに愛人がいるという噂を耳にして、やみくもに彼を責め立てたのだ。今も、この苦しい感情の正体が摑めないままだ。

ずっとユリウスの妻としての役目を果たしてこなかったのに、ユリウスを責める資格などなかった。だが、現実を目のあたりにするとこんなにも苦しいものなのか。

せっかく、新たに生き直そうと決意してこの地に赴いたのに、初端から心が折れそうになった。

そこへ、同伴してきた侍女たちが到着したので、慌てて気持ちを切り替え、荷解きや荷物の整理を指示し、軽く湯浴みをしてドレスに着替えた。

身支度をしながら、自分に活を入れる。

これからのフレドリカの使命は、ユリウスの命を守り自分も生き延びる、以前とは違う未来を手に入れることだ。

死に戻る前の悪しき記憶に引き摺られ、気後れしていてはいけない。それに、ユリウスとアンドレアがほんとうに愛人関係かどうかも、定かではないのだ。口論になった時に、ユリウスは愛人の存在を否定していた。だが、あの時は頑なだったフレドリカは、その言葉をはなから信じようとしなかった。

でも今は、ユリウスの言葉を信じたいという気持ちが強かった。

荷解きと部屋を整えるのに、昼過ぎまでかかった。

まだボリスが雑用に追われていたので、フレドリカはアンドレアを呼び、屋敷の中を案内してもらうことにした。

「お屋敷のご案内ですか？　かしこまりました」

アンドレアは表向きは従順そうな態度で、フレドリカに付き従って屋敷の中を説明して回った。居間、食堂、厨房《ちゅうぼう》、使用人部屋、書斎などひと通り巡ると、アンドレアは慇懃に頭を下げた。

「ご案内は以上でございます」

「あの……旦那様のお部屋は？　まだ拝見していないのだけれど――」

「――ああ、うっかりしておりました。奥方様はご主人様にはあまり興味がおありにならないと伺っておりましたので――廊下の一番奥でございます」

アンドレアはさも失念したような口調で答えたが、あきらかに皮肉まじりである。フレドリカは気にしないそぶりで、ユリウスの部屋に向かった。

首都の屋敷ほどではないが、ユリウスらしい、余計な調度品や飾り付けがない、実用的な使い勝手のよさそうな部屋だった。窓際の黒檀《こくたん》の机はきちんと片付けられ、一輪挿しが置かれてあった。黄色い百合《ゆり》の花が活けられてある。朝に活けたのか、少ししおれている。

「あら、お花が――」

思わず手を出そうとすると、アンドレアが口を挟んだ。

「奥方様、毎朝ご主人様の机のお花を活けるのは、侍女長の私の役目でございます。私はご主人様の好みをすべて把握しておりますから」

いかにも自分の領分を侵すなと言いたげである。おそらくこれまで、フレドリカが不在だったため、アンドレアが女主人然として仕切っていたのだろう。

対人関係が苦手な以前のフレドリカなら、こういう場面では怯んで引き下がってしまったろう。だが、もう後ろ向きに生きないと決意している。

フレドリカは笑みを浮かべて返す。

「そうだったの。でも、これからは妻の私が旦那様のお世話をするわ。旦那様の好みは、ひとつひとつ覚えていきます。これまでご苦労でしたね、アンドレアさん」

アンドレアが顔色を変えた。彼女は硬い表情のまま、頭を下げる。

「い、いいえ――ねぎらいのお言葉ありがとうございます」

フレドリカは一輪挿しを手にすると、

「では、このお花は私が替えましょう。確か、宿舎の前の小道にお花が咲いていたわね。

ちょっと行ってきます」

と言い置いて、部屋を出た。背中にアンドレアの刺すような視線を感じたが、気が付かないそぶりをした。

玄関ロビーまで行くと、日傘を手にしたボリスが後ろから追いついてきた。

「奥方様、お一人で出歩いては不用心です。私がお供しましょう」

「あら、そこの小道までだから、大丈夫よ」

「いいえ、ここは国境沿いです。いつ敵の侵入があるやもしれません。奥方様になにかあったら、私はご主人様に申し訳が立ちません」

「あ──そうね、そうだわね、ここは首都ではないものね。ごめんさない、お供を頼みます」

あまりに世間知らずに生きてきたので、配慮が足りなかったと反省した。

ボリスが日傘を開きながら、感慨深げに言った。

「奥様に、そのような優しいお言葉をかけていただけるとは。このボリス、感無量でございます」

ボリスに日傘を差し掛けてもらいながら、ゆっくりと宿舎の周りを散策した。

兵士たちの宿舎の前の洗濯干し場らしい場所では、大勢の女性たちが賑やかにおしゃべりしながら洗濯物を干している。空き地では子どもたちが生き生きと遊び回っていた。

家族で赴任している兵士も多いと聞いていたから、その女房や子どもたちなのだろう。まるで小さな村のような風景だ。

女房たちはフレドリカの姿に気が付くと、さっと手を止めて恭しく頭を下げて挨拶してきた。

「ごきげんよう、奥様」

こんなふうに敬意を払われたことがなかったので、ドギマギしてしまう。上官の妻という立場を自覚させられた。

「こ、こんにちは。あのどうか私にかまわず、お仕事の続きをしてください」

フレドリカがそう言うと、女房たちは顔を上げ、親しみやすい笑みを浮かべた。

「美人の奥様と伺っておりましたけれど、ほんとうにお綺麗ですねえ」「ほんとほんと、大佐が自慢するのもわかりますわ」「どうぞ、これからよしなに」

彼女たちの気安い口調が心地よい。しかし、ユリウスが駐屯地で自分のことを皆に話していたなんて――。

「旦那様が、私のことを……？」

栗色《くりいろ》の髪の恰幅《かっぷく》のいい女房がにんまりした。

「そうですよ。幼くて内気で可憐《かれん》な奥様だって。どうすれば奥様の気を引くことができるかと、時々相談されましたよ」

「……まさか、そんな」

「大佐殿はあの通りの堅物ですからね、女心がわからなくてずっと悩んでらしたのですよ。毎年たくさんの贈り物をこの地から奥様に送っておられましたが、どれも気に入ってもらえなかったと、がっくりなさっておられましたっけ」

「そうだったの……」

駐屯地から山のような贈り物が届いていたが、フレドリカはモノさえ与えておけばいいというあしらい方をされたのだと誤解し、ろくに見もしなかった。なんとひどい態度を取ってしまったのだろう。

女房は朗らかに続ける。

「お二人が仲良くお揃いでおいでになったので、私どもは心から喜んでおりますの」

「ありがとう……」

何も知らなかった。

ずっと疎まれているとばかり思っていた。

ユリウスが自分のことをそれほど気にかけていてくれたとは。幼かったフレドリカは、ユリウスの心の中を推し量ることができなかったのだ。

女房たちと別れ、フレドリカは野草が咲き乱れる小道で花を探した。

小さな白い花を咲かせる野草を見つけた。とても可憐だ。それを摘んだ。

「旦那様のお気に召すかしら」

ボリスにたずねると、彼は大きくうなずく。

「奥方様の選んだものならば、ご主人様はなんでも喜ばれると思いますよ」

「それならいいけれど――そうだわ、お茶の時間にお戻りになるなら、そこにもお花を飾りたいわね」

しゃがんでせっせと花を摘み始めた。少しでもユリウスの心を和ませてあげたい一心だった。ボリスが微笑ましそうに日傘を差し掛けてくれた。

屋敷に戻り、一輪挿しに野草を活けユリウスの部屋の机に飾った。

その後、お付きの侍女に空いている花瓶を持ってきてもらい、残りの野花を活けた。花瓶を持たせた侍女と共に食堂に赴くと、ちょうどアンドレアが侍女たちにお茶の支度をさせている最中だった。

「アンドレアさん、このお花をお茶のテーブルに飾ってくれますか?」

侍女から花瓶を受け取って差し出すと、アンドレアは露骨に嫌な顔をした。

「奥方様、お茶のテーブルに、道端の雑草を飾るのはいかがなものでしょう？ 不潔ではないでしょうか？ 失礼ですが、奥様は少々、作法の常識をご存知ないのではないですか?」

正論をかまされた気がして、さすがにフレドリカは怯んだ。引きこもってばかりいたので、自分の判断は世間の常識からずれてしまっているのかもしれない。

「そ、そうかもしれないわね……」

引き下がろうとした時だ。

「私のために花を摘んでくれたのか？　嬉しいね、フレドリカ」

背後から明朗な声がして、ユリウスが食堂に入ってきた。軍服の上着を脱いで、ラフな格好になっている。いかにも公務から私人に戻ったという雰囲気で、表情も和らいでいる。

「あ、お帰りなさいませ、ご主人様」

アンドレアが慌てて一歩下がり頭を下げる。

ユリウスはフレドリカの抱えている花を見て、にこやかに言った。

「それは、ヒメジョンだね。私の一番好きな野花だ。フレドリカ、私の好みをよくわかっているね」

フレドリカは嘘や世辞ではないかと、ユリウスの目の色を探る。しかし、彼の瞳は澄みきっていた。

「あの、これを……お茶のテーブルに飾ってもよいですか？」

「もちろんだ」

フレドリカはほっとして、テーブルに花瓶を飾った。

その様子を、アンドレアが冷たい眼差しで盗み見ている。

「いいね、とてもいい雰囲気だ」

ユリウスは満足げにうなずき、椅子を引いてくれた。

「さあ、席に着こう。赴任地の感想でも聞かせてくれ。アンドレア、ここは妻と二人で楽しみたいので、お前はもう下がっていい」

「かしこまりました」

アンドレアは硬い声で返事をし、姿を消した。

向かい合わせに席に着くと、フレドリカは控えめにたずねた。

「私、世間知らずで、作法に則っていないことをしたかもしれません」

「気にすることはない。これからは、この屋敷のルールは女主人であるあなたが決めればいいんだから」

ユリウスはポットを手にすると、カップに紅茶を注いでフレドリカに手渡した。

「あ、お茶は私が――」

「いいから。私はあなたの世話を焼きたくて仕方ないんだ。やらせておくれ」

そう言われては、手出しできない。ユリウスはテーブルの上のケーキスタンドに並んでいる菓子を、トングで選んでは皿にのせた。

「ここらはナッツが特産品でね、それを使ったお菓子が美味いそうだ。食べてごらん」

彼が菓子を山盛りにのせた皿を差し出す。せっかく彼の妻らしく振る舞おうと思っているのに、ユリウスは子どもみたいに甘やかしてくる。

「いただきます」

「うん」

菓子は素朴な味がして、とても美味しかった。

「美味しいです」

「うん、もっとお食べ」

ユリウスがおかわりを差し出す。フレドリカは茶を啜りながら、遠慮がちに言う。

「あの……私、こんな甘やかされていいのでしょうか？　もっと大人の妻として振る舞わないと、周囲から常識がないと思われるかもしれません」

ユリウスはふいに生真面目な表情になった。

「フレドリカ。私は取り戻したいんだ」

「え？」

「幼いあなたと結婚して、勝手がわからないとはいえ、あなたを怯えさせ悲しませたまま放置して、十年も無駄に過ごしてしまった。ほんとうに、今、後悔している」

「――旦那様」

ユリウスが身を乗り出し、フレドリカの眼差しを捉える。

「失われた年月を、私はこれから取り戻したい。夫として、あなたにしてあげられなかったことを、全部してあげたいんだ」

　真摯な言葉は胸にぐっと迫るものがあった。

　その時、にゃあ、とひと声鳴いて、自分の部屋で見かけた茶トラの猫がのっそりと食堂へ入ってきた。

「お、フレィか。おいで」

　ユリウスが気安く声をかけると、フレィはひょいと彼の膝に飛び乗った。ユリウスが首のあたりを撫でてやると、心地よさげに目を閉じ、ゴロゴロと喉を鳴らした。

「よくなついていますね。旦那様は、猫がお好きなのですか？」

「いや——どちらかというと、猫は苦手だったのだ。たまたま野営の訓練の時に子猫を拾ってね。まあ、可哀想だから育ててやったんだが」

　ユリウスは目を細めた。

「今はとても可愛いと思う」

　フレドリカはこれまで生き物に接してこなかったので、少し怖い気もしたが、もふもふしたフレィに触れてみたくて堪らなかった。

「撫でてもよいかしら？」

「もちろんだ」

　ユリウスがフレィを抱き上げ、フレドリカのほうへ差し出した。恐る恐る手を伸ばすと、フレイがいきなり毛を逆立てて、シャーッと鋭い威嚇声を出した。

「あっ」

フレドリカは驚いて手を引っ込める。フレィはぱっとユリウスの手から逃れると、長い尻尾を左右にぶんぶん振りながら、食堂を出て行ってしまった。

「嫌われてしまいました……」

フレドリカはしょんぼりとうつむいた。

するとユリウスの右手が、優しくフレドリカの顔を撫でた。

「フレィは警戒心が強いんだ。私以外にはなつかなくてね。でも、だんだん仲よくなればいいさ。あなたもここをこうすると、気持ちいいだろう?」

節高な指先が、フレドリカの顎の下を擽ってくる。その悩ましい感触に、背中がぞくっと震えた。

「わ、私は猫ではありませんっ」

慌てて顔を引くと、ユリウスがくすくすと忍び笑いをする。

「そうやってなかなかなつかずに毛を逆立てるところも、フレィとよく似ているよ」

「もうっ……」

揶揄われていると思い、唇を尖らせる。ユリウスはまだ口元を緩めている。

この人は、こんなに笑う人だったろうかと思う。ユリウスにとっては、数年に一度帰る首都の屋敷より、長年暮らすこの地が故郷のようになっているのかもしれない。首都にいる時より、ずっと寛いで見えた。

こんなことなら、以前の人生でも、思いきってユリウスに同伴して駐屯地に赴けばよかった。そうすれば、素のユリウスを知ることができ、夫婦仲も冷えなかったかもしれない。

後悔は尽きないが、だからこそ死に戻ってからは、こうやってユリウスに付いていく決心もできたのだ。

「フレィもそうですが、私は駐屯地の人たちともっと知り合いたいです。そうすることで、旦那様のお仕事のことももっと理解できると思うの」

ユリウスは真顔になった。

「フレドリカ、あなたは変わったね。いや——私がこれまで、あなたのことを少しも知ろうとしなかっただけかもしれない」

彼がフレドリカと同じことを感じているのが、なんだか心にじんわり沁みるものがある。

「では、お互いだんだん、ですね？」

「うん、そうだね」

二人は顔を見合わせ、にっこりした。

駐屯地に到着した翌朝、フレドリカは普段よりうんと早起きした。というのも、ユリウスは駐屯地では、毎朝兵士たちと教練をするのだとボリスに聞かされていたからだ。

今まで、首都の屋敷では寝坊ばかりしていたが、これからは気持ちを入れ替えて早起きし、ユリウスの支度の世話をしようと心に決めていたのだ。

ちゃんと早起きしたと思ったが、すでに隣に寝ていたユリウスの姿はない。

「いけない、もう支度をなさっているのかしら」

慌てて身支度して、急ぎ足でユリウスの部屋に向かう。扉を性急にノックして、中へ飛び込んだ。

「おはようございます、旦那様――」

目の前の場面に声を失った。

ちょうどアンドレアが、ユリウスの首のクラヴァットを結んでいるところだった。アンドレアは必要以上にユリウスにしなだれかかるようにして手を動かしている。彼女の妻然とした振る舞いに、フレドリカは立ち竦んでしまった。

「おはよう、フレドリカ。お寝坊さんの君にしては、随分と早いね」

ユリウスが明るく挨拶した。今までアンドレアが早朝の身支度をするのが当たり前だったのか、気にしていないそぶりだ。

アンドレアが勝ち誇るような眼差しでこちらを見る。

「おはようございます、奥方様。ご主人様のお支度は終わりましたわ。どうぞゆっくりお休みください」

「私……」

フレドリカはもじもじと両手を握り合わせる。

胸の中に嫌な感情が湧き上がる。

「愛人」という不吉な二文字が頭の中に去来した。ずきんと心臓を抉られるような痛みが走った。

「失礼します……」

思わず踵を返して部屋から逃げ出してしまった。

「フレドリカ?」

背後からユリウスが声をかけたが、聞く耳も持たずに自分の部屋に戻ってしまった。走ってきたので息が苦しい。胸に手を当てて、乱れた呼吸を整えた。苦しいのは呼吸ではない、と思った。

ずっとこの感情の正体がわからなかった。でも、今ははっきりと理解できる。

嫉妬しているのだ。アンドレアに嫉妬している。

ずっと離れて暮らしていた自分より、駐屯地で長年ユリウスに仕えている彼女のほうが、よほど彼を理解しているのかもしれない。そして、ユリウスもほんとうはフレドリカが同伴したことを、内心迷惑だと感じているのではないか。

「違う、そんなこと」

フレドリカは首をぶんぶんと振った。

「嬉しいよ」と言ってくれた。「失われた年月を、私はこれから取り戻したい」と語りかけてくれた。その言葉を、信じたい。

ユリウスを疑う自分の心の狭さが、嫌で堪らない。

「どうしたんだ？　フレドリカ、気分でも悪いのかい？」

ふいに背後からユリウスの声がして、ぎくりと身を竦ませる。肩越しに振り返ると、気遣わしげなユリウスが戸口に立っていた。今自分はどんなに醜い顔をしているだろう。慌てて顔を背けた。

「な、なんでも、ありません」

「いつも健やかに寝ているあなたが、妙に早起きだったので、具合でも悪いのかと思ったよ」

的外れなことを言ってくるユリウスにも、なぜか向かっ腹が立ってしまう。そういう気持ちになる自分に、ますます腹が立つ。鼻の奥がツンとして、悔し涙が溢れそうになった。

「なんでもありません、ったら。ほっておいてくださいっ」

強い口調で答え、そのまま奥の部屋に逃げ込もうとした。

「待ちなさい」

ぐっと片手を摑まれ、引き戻された。

「そんな態度、あなたらしくないぞ」

無理やり振り向かされる。フレドリカの顔を見たユリウスが、ハッと息を吞む気配がした。

フレドリカの両目から、ぽろぽろ涙が零れていたのだ。

「どうして泣いているの？」

「泣いてませんっ」

フレドリカは首を振り続ける。

「泣いているじゃないか」

ユリウスの長い指が、そっと頰を伝う涙を拭った。その優しい仕草に、堪えていた感情が、どっと爆発してしまう。唇がわなわなと震えたが、言葉を絞り出す。

「だって……だって……これからは、早起きしようと決めたのに……」

「うん、それで？」

ユリウスが真剣な顔で、促した。

べそべそ子どもみたいに泣きたくないのに、嗚咽《おえつ》が込み上げてくる。

「ま、毎朝、旦那様のお世話をしたくて……なのに、なのに……旦那様ったら……」

「私が？」

みっともない泣き顔を見られたくなくて、両手で顔を覆って途切れ途切れに告白した。

「ア、アンドレアさんに、う、嬉しそうに、お世話されてて……あの人は大人の女性で、未熟なわ、私、なんか、なんのお役にも立てないんだわっ」

とうとうおいおいと泣いてしまう。

「――」

ユリウスが言葉を失っている。なんて幼稚で面倒臭い妻だと呆れているのだろう。

そっと両手首を摑まれた。両手に力を込めて、顔を隠し続ける。

「フレドリカ、私を見て」

「いや……っ」

「フレドリカ、見なさい」

ユリウスはやすやすと、フレドリカの両手を顔から剝がした。泣き濡れた顔を晒してしまう。ユリウスが身を屈め、まっすぐに視線を捉えた。その表情は穏やかだが、少し哀しげだ。

「あ」

「フレドリカ、許してくれ」

「え?」

謝まられるとは思ってもいなくて、ポカンとしてしまう。

「あなたの気持ちに思い至らなかった。鈍感な私を許してくれ」

「だ、んな、様？」

ユリウスの美麗な顔が寄せられ、濡れた頬にそっと口づけしてきた。

「そこまで心を決めて、私に付いてきてくれたんだね、ありがとう」

じんと胸が甘く痺れる。

「アンドレアは、私の身の回りの世話の仕事から全部外す。そして、あなたにすべてやってもらおう」

きっぱりと言われ、心が震えた。濡れた瞳でユリウスを見返す。

「いいのですか？　私なんかで……」

「もちろんだ。妻のあなたしかできない」

「――ぅ、嬉し……」

再び泣きそうになる。今度は嬉し涙が溢れてくる。

「ごめんなさい、泣いたり喚いたりして……」

「いや――あなたが本音を訴えてくれて、心に響いた。わたしたちに大事なことは、本心を告げることだと、やっと理解したよ。私の本心は、あなたにだけ私の世話をして欲しい。他の女性では、ダメだ」

「旦那様……っ」

フレドリカは思わずユリウスの胸に顔を埋めて、肩を震わせた。

ユリウスが優しく背中を撫でてくれる。

「可愛い私の妻、フレドリカ」

この上なく艶めいた声で言われ、フレドリカの全身は甘くおののいた。

この感情はなんだろう。

ふわふわと身体が浮きそうな高揚感、それに混じるせつなさややるせない甘酸っぱい気持ち。

新たな感情が次々生まれて、心が破裂しそうだ。

その日から、駐屯地でのユリウスの身の回りの世話は、すべてフレドリカがすることになった。

早朝の鍛錬の身支度から始まり、執務時の服装、昼の教練の服装など、要所要所にふさわしい軍服を覚え、ユリウスが執務を円滑に行えるように、執務室を掃除し整えさせ、毎日の食事のメニューも考えた。これまで軍隊の成り立ちや、規律、階級のことすら知らなかったので、ボリスに頼んで、毎日学ぶ時間を作った。

覚えなければいけないこと、慣れないことばかりだが、ユリウスは失敗すら面白がって受け入れてくれるので、とても嬉しい。

そして、夜の夫婦の営みも、互いの気持ちのいいところを探り合い、どんどん快楽が深まっていく。

フレドリカは、日々がとても充実し、初めて生きているという実感を得たのである。


駐屯地に赴任して三ヶ月が経った。

その日、フレドリカは、駐屯地の宿舎周りを侍女と共に、猫のフレィを捜して歩いていた。

「フレィ、フレィ」

フレィは相変わらず、フレドリカになつかない。フレドリカが屋敷にいると、姿を隠してしまう。餌も食べにこないので、心配でならない、ユリウスは、お腹が減ればそのうち姿を現すだろうと呑気だが、彼の愛猫をやつれさせるわけにもいかない。

兵士の宿舎の入り口あたりまで来ると、平服に身を包んだ一人の兵士が気さくに声をかけてきた。

「おや、奥方様。お散歩であられますか?」

ヘルマン少佐だ。ユリウスが信頼を置いている直属の部下だ。

この三ヶ月、フレドリカは主だった階級の兵士たちの名前と顔を、一生懸命に覚えたのだ。

「ああ、ヘルマン少佐」

「おや、私のことを覚えてくださったのですか。これは嬉しいですなあ」

ヘルマン少佐がニコニコする。

「猫を、フレィを見かけませんでしたか？」

「フレィですか。そうですね。もしかしたら、宿舎の食糧倉庫にいるかもしれません。倉庫の鍵をもらってきます。それから、ご案内します」

「いいのですか？　今日は非番ではないの？」

「いや、独り者で暇を持て余してたんですよ。ささ、こちらへ」

ヘルマン少佐に案内され、宿舎の西側にある食糧倉庫へ向かった。ヘルマン少佐は倉庫の扉の鍵を開ける。

「あの猫は、なにかあると、倉庫の空気取りの窓の隙間から中へ入ってしまうのですよ」

倉庫の中は薄暗かった。ヘルマン少佐が窓の鎧戸《よろいど》を開き、明かりを入れる。

「フレィ、フレィ」

呼びかけながら捜すと、積み上げた小麦の袋の上にうずくまるフレィの姿があった。

「まあいたわ、よかった。フレィ、おいで」

優しく呼びかけたが、フレィは疑り深い顔でこちらを見下ろしたかと思うと、目にも留まらぬ速さで袋から飛び下り、開いている扉から風のように逃げていってしまった。

しゅんとしながら、

「私、フレィに嫌われているみたい」

とつぶやくと、ヘルマン少佐は朗らかに言った。

「あいつ、奥様にヤキモチ妬《や》いているんでしょう。なにせ、この駐屯地では、ずっと大佐に溺愛されてきましたからね。自分より愛されている者が現れて、奥様を敵対視しているのですよ」

「え、な、なにを言うの。そんなこと、あるわけないわ」

フレドリカは耳まで血が上るのを感じた。

ヘルマン少佐はにこやかに続ける。

「だって、あの猫は大佐が奥様のために拾ってきたんですよ」

「えっ？」

「三年前ですか。野営地で捨て猫を見つけた大佐は、首都の奥様の心の慰めにと、帰省の際に子猫を連れ帰ったんです。でも、奥様にはお気に召さなかったようで、仕方なく連れ戻ってきて、それ以来、それこそ猫可愛がりしておりましたよ」

「私のために……そんなこと……」

以前のフレドリカは帰還したユリウスと、ろくに顔も合わさなかった。部屋に引きこもって、彼の呼びかけにも応じなかった。子猫の話も初耳だった。

「だって、あの猫、奥様の愛称がついているでしょう？　めったに帰還できなかった大佐は、きっとあの猫を奥様がわりに溺愛したんでしょう」

「フレィ――フレドリカのフレィ、なの？」

ユリウスはずっと、フレドリカのことを気にかけていたというのか。

心が甘く掻き乱れた。

「ですから今回、大佐に奥様が付いて来られる決心をなさったこと、我々部下一同、とてもほっとしているのですよ。大佐はずっとお淋《さび》しそうでしたからね」

駐屯地でずっとユリウスの配下にいたヘルマン少佐の言葉に、嘘は感じられなかった。

「そうだったの……」

死に戻る前も、ユリウスとやり直す機会はきっといくらでもあったのだ。それを拒否してきたのは、フレドリカだった。後悔がひたひたと胸に押し寄せてくる。

「まあ、猫もいずれ奥様になつきますよ。では、出口までお送りしますか」

ヘルマン少佐に促され、フレドリカは一緒に食糧倉庫を出た。

と、隣の倉庫の陰で数名の兵士たちが、車座になって会話しているのが目に入った。皆平服姿なので、非番の者たちだろうか。

「大佐殿のやり方は生ぬるい。国境侵犯をやめぬニクロ帝国の軍隊など、一気に攻め立てて壊滅するべきなんだ」

口角泡を飛ばさんばかりに喚いているのは、確かガスペル曹長だ。呂律が回っていない。

酔っ払っているのだろうか。周囲の兵士たちが、そうだそうだと賛同する。

「そもそも、大佐殿があの若さで異例の出世をしたのは、国王陛下の御命令で人質だった異国の王女を娶《めと》ったからだ。幼女を妻にするなど、異常性癖の持ち主だ。上官として、信頼できぬぞ」

自分のことで悪様に言われ、フレドリカは息を呑む。

ガスペル曹長は勢いに任せ、さらに言い募った。

「そもそも、大佐殿の出自はいわく付きで――」

その瞬間、さっと顔色を変えたヘルマン少佐が、フレドリカに小声で耳打ちした。

「奥様、ここでお待ちください」

ヘルマン少佐はずいっと進み出ると、厳しい声で怒鳴った。

「そこまでだ、曹長！　お前たち、非番といえど、宿舎内で昼から飲酒するなど、もってのほかだぞ！」

「ヘルマン少佐殿！」

兵士たちは顔色を変え、直立不動の姿勢になった。ガスペル曹長だけが、不服そうにノロノロと立ち上がった。ヘルマン少佐はガスペル曹長を睨んだ。

「ガスペル曹長、上官を謗《そし》った罪で、二週間の懲罰房行きだ！」

ガスペル曹長が、酒焼けした顔をさらに赤くして言い返した。

「な、生意気な、ヘルマン！　お前、三期下だったくせに！　俺は大佐に、謂《いわ》れのない降格処分にされただけだぞ！」

ヘルマン少佐は毅然《きぜん》と返す。

「だが、私は今はお前の上官だ。懲罰をひと月に延ばすか？　無論禁酒だ。おいお前たち、早くガスペル曹長を連れて行け」

「はっ」

他の兵士たちは弾かれたようにガスペル曹長を取り囲んだ。

「このぉ――」

ガスペル曹長はわなわなと震えた。が、これ以上ことを大きくするのはまずいと悟ったのか、憎々しげにこちらを睨みつけた。そのまま彼は兵士たちに捕らわれ、その場を引き摺《ず》るように連れ去られた。

「……」

呆然としているフレドリカに、ヘルマン少佐はとりなすように優しい口調で話しかけた。

「奥様、どうかあの酔っ払いの戯言は、聞かなかったことにしてください。あやつは、酒でさんざん失態を重ね、大佐殿に曹長に降格させられたのです。懲罰は当然のこと。ただの逆恨みです」

「ええ……旦那様が理不尽なことをするとは思えないわ」

フレドリカはなんでもなさそうに、笑みを浮かべてみせた。それはヘルマン少佐を安心させるためだった。

内心、自分と結婚したことで、ユリウスのことを快く思っていない者たちがいるということが、衝撃だった。

清廉《せいれん》な軍人であるユリウスは、確かに国王陛下の命令に従っただけかもしれない。だが、決して彼は、性的異常者などではない。幼かったフレドリカに不埒《ふらち》なことなど一度もしていない。

ユリウスと夫婦の関係を持ったのは、ほんの数ヶ月前なのだ。

だが、そんなことを公に口に出して言うわけにもいかない。

それと、「ニクロ帝国」と聞いたのも過去の悲痛な記憶を呼び覚ました。祖国を滅ぼしたニクロ帝国は、この国境線のすぐ向こうに存在するのだ。

そして、やがてはこの国をも侵略するはずだ。

新しい環境に来たことと、ユリウスとの夫婦の絆《きずな》が深まりつつあることで、少しばかり気持ちが浮かれていたことは否めない。

生き返った自分の人生の目的は、ユリウスを戦死させないことなのだ。

ただ、歴史の流れを変えられるような大きな力が自分にあるとは思えない。ユリウスを戦場に行かせないための有効な手立てがなかなかなく、気持ちばかりが焦る。辛い。

それと、ガスペル曹長が最後に口走った言葉は、どういうことだろう。ヘルマン少佐が遮ったが、出自のいわくとはなんだろう。だがきっとヘルマン少佐の言うとおり、酔っ払いの戯言に過ぎないのだろう。立派な公爵家の家柄のユリウスに、なにか瑕疵《かし》があるなんてとても思えなかった。

それより、やはり今後起こりうる紛争のほうが気がかりであった。

夕刻、晩餐の席で、フレドリカはできるだけさりげなくユリウスに切り出した。

「あの……この駐屯地は、ニクロ帝国との国境に近いのですよね？　彼《か》の国が、突然攻め込んでくるということはありませんか？」

ユリウスは自分の皿から顔を上げ、こちらの真意を探るような顔になった。

「いちおう、不可侵条約を結ぶべく外交は動いているが、あなたがなぜそのような――」

ふいにユリウスはハッと何かに気付いた表情になる。

「ああ――私はなんて無神経だったんだ。ニクロ帝国はあなたの祖国を滅ぼした、憎むべき国だったね。それに思い至らず、あなたをニクロ帝国との国境線に近いこの地に連れてくるなんて、私はあまりに気配りが足りなかった」

彼は口惜しげに唇を噛んだ。それからキッと表情を引き締め、フレドリカをまっすぐに見た。

「ずっと怖い思いをしていたんだね。ほんとうにすまない。明日にでも、ボリスと共に首都の屋敷に戻っていいのだよ」

フレドリカは、自責の念にとらわれるユリウスの姿に胸がきゅんと甘く痺れた。こんなにも自分のことを考えてくれるユリウスに、抑えがたい熱い気持ちが湧き上がる。首を横に振り、きっぱりと答えた。

「いいえ、いいえ。一緒に行きたいと言ったのは私です。帰る気はありません。ニクロ帝国に遺恨はもちろんあります。でも、それより――旦那様の身にもしものことがあったらと……それが心配なのです」

「フレドリカ――あなたはなんて――」

ユリウスは感に堪えないといった顔になる。そして、テーブル越しに右手を伸ばし、フレドリカの右手をぎゅっと握ってきた。そして力強い口調で言う。

「安心しなさい。私は決して戦で死んだりしない。万が一敵襲があったとしても、必ずあなたを守り抜く」

フレドリカは自分の左手を彼の手の上に重ね、気持ちを込めて答えた。

「約束ですよ、旦那様。絶対に死なないと」

「約束する」

二人は熱く見つめ合った。

数日後のことである。

朝食の席で、ユリウスが切り出した。

「明後日から、麓の村の農作業の手伝いに、一部隊を引き連れて行く予定だ。二、三日戻れないだろう」

フレドリカは首を傾ける。

「軍隊が、農作業のお手伝いですか？」

「そうだ。この時期は小麦の収穫で、どこの村でも猫の手も借りたいほど忙しい。兵士たちは、農村出身の者も多いので、農作業は慣れている。僻地の駐屯地では、地元の人々にいろいろ世話になっている。いざ戦となれば、彼らの土地が戦場になることもある。私は普段から、地元の人々との信頼関係を深めたいと、心がけているのだよ」

「その間は、野営なのですか？」

「小さな村には宿泊施設などないからね。そういうことになるかな。簡易食料を持っていくつもりだ。収穫時期は、煮炊きをする暇もないいくらい忙しいよ」

「そうなのですね……」

フレドリカはユリウスの話を聞きながら考えていたことを、思いきって口にしてみた。

「あの……私も侍女たちを連れてご一緒してもいいですか？」

「いや、農作業は力仕事だ。あなたのようなか弱い女性では、とても――」

「いえ、違うのです。私たちに、皆さんの炊き出しをさせて欲しいのです」

「え？」

「せめて、温かい食事を毎食出してあげたいの。そのほうが、旦那様も兵隊さんたちも、さらに力が出ると思うの。そうすれば、村の人たちもより助かるでしょう。私たちは馬車の中に簡易ベッドを作って休めば、二、三日くらいならしのげます」

「フレドリカ――」

ユリウスは感無量といった声を出す。彼は嬉しげに目を細めた。

「助かるよ。部下たちがどんなに喜ぶことか。お願いできるか？　ただし、無理はしないでくれ」

「もちろんです。すぐにボリスに頼んで、馬車の用意と、煮炊き用の道具と食料の準備、それと気の利く侍女たちに声をかけますね」

「頼んだぞ」

「はい」

駐屯地に赴いてから、フレドリカの中にこれまで感じたことのない生命力が張っている。ユリウスを支え力になることが、こんなにもやりがいがあるなんて、思いもしなかった。

夫婦の絆が深まるごとに、生きる気力も強くなるような気がした。

二日後、留守番をボリスに任せ、ユリウスはヘルマン少佐を含む農村出身の兵士たち中心の一個小隊を率いて、麓の村へ出立した。兵士たちの隊列の後ろには、荷馬車とフレドリカや侍女たちを乗せた馬車が付き従った。

供に選ばれた侍女の中にはアンドレアもいた。フレドリカが同伴を頼んだ時、彼女はあからさまに不満顔になり、聞こえよがしに文句を言った。

「なぜ、貴族出身の私が、兵卒の炊き出しなどしなくてはならないのですか?」

「私も行きますから。あなたはとても優秀な侍女ですから、ぜひ役に立って欲しいの」

「でも――」

「旦那様のためなのよ」

「それならまあ――仕方ありませんね」

ユリウスの名前を出されると、アンドレアはしぶしぶ承諾した。

麓に近づくにつれ、あたり一面が小麦畑の風景になった。馬車の窓から顔を覗かせたフレドリカは、歓声を上げる。

「まあ、なんて豊かなんでしょう」

小麦の穂が風に揺れ、まるで黄金の海のようだった。

席の奥のほうで、アンドレアがぶつぶつ言っている。

「田舎《いなか》の景色なんて――面白くもないですわ」

村の入り口では、村人たちが全員集まって出迎えていた。

隊列の中央で騎乗していたユリウスは、片手を挙げて皆を停止させると、ひらりと下馬した。彼は大股でフレドリカたちの乗った馬車に近づいた。外から扉を開けると、ユリウスが声をかける。

「降りなさい」

奥の席に座っていたアンドレアが、真っ先に立ち上がろうとした。

「フレドリカだけだ、おいで」

ユリウスに冷淡に言われ、アンドレアの顔色が青白くなった。彼女は無言で座り直す。

フレドリカはユリウスの差し出した手に自分の手を預け、馬車を降りる。

「村人に挨拶しよう」

「はい」

二人で並んで村の入り口に近づくと、村長らしい高齢の男性が杖をつきながら進み出てきた。彼は深々と頭を下げる。

「大佐殿、今年もお力添え、村の一同心より歓迎いたします。毎年、大佐殿と兵隊さんたちにはほんとうにお世話になって、感謝してもし足りません」

ユリウスが目を細めた。

「こちらもこの地に駐屯させてもらっているのだ。お互い様だ。今年は、心強い援軍を連れてきたぞ。さあ、フレドリカ、挨拶しなさい」

ユリウスに促され、フレドリカは控えめに挨拶した。

「妻のフレドリカ・ベンディクトでございます。微力ながら、裏方で皆様のお手伝いをさせていただきます」

村長が皺《しわ》だらけの顔を綻ばせた。

「これは、なんと女神様のようにお美しい奥方様であられますな。大佐殿は、この地を守ってくださる英雄でございますよ」

自分より、ユリウスのことを褒められると胸が躍った。

「よし、ではすぐに支度にかかろう。ヘルマン少佐」

ヘルマン少佐が前に進み出て、くるりと兵隊たちに振り返った。

「は。そこの敷地に荷解きしたら、すぐに農作業にかかるぞ」

「はいっ」

兵士たちは即座に作業を開始した。

「では、私もお昼の準備に取りかかりますね。旦那様、後でまた」

フレドリカが声をかけると、ユリウスがうなずいた。

「うん、後で」

兵士たちは村人たちに交じって、麦刈りや刈った麦を干す仕事に没頭した。

一方で、兵士たちの野営地の脇に陣取ったフレドリカたちは、兵士五十人分の食事作りに追われた。フレドリカもエプロンを着け、慣れないながらも侍女たちの手伝いに力を尽くした。

昼過ぎ、一旦作業を終えたユリウスと兵士たちが戻ってきた。

「皆さんご苦労様。温かいスープと焼きたてのパンがありますよ」

フレドリカが迎え出ると、兵士たちから歓声が上がった。

彼らは侍女たちから、持ってきた食器に昼食を給仕されると、三々五々腰を下ろして食事を始める。

フレドリカは自分とユリウスの分の食事を盆にのせて、彼の座っている木陰に運んだ。

腕まくりをしたシャツから覗く逞《たくま》しい腕と、泥にまみれた長靴に包まれた長い足、汗ばんだ額にかかる黒髪、男らしい造形の横顔——ただ座っているだけで絵になる。

「旦那様、お食事を」

「ありがとう。ここで一緒に食べよう」

ユリウスがハンカチを自分の横に敷いてくれた。こういうさりげない仕草が紳士的で、心臓がきゅんとときめいてしまうのだ。

二人は並んで腰を下ろし、食事を始めた。

ユリウスは旺盛な食欲で平らげていく。

「温かく美味い食事に、皆大喜びだ。午後の作業もぐんと捗《はかど》ることだろう」

彼は満足げにフレドリカに微笑みかける。

「お役に立ててよかったです。実はね、夕方には村人たちにも、心尽くしのお料理を配ろうと思っているの」

「それは村の者たちもさぞ喜ぶだろう。あなたが来てくれただけで、皆の雰囲気がぐっと活気のあるものになったよ」

ユリウスが褒めてくれると、嬉しくて嬉しくて、もっと彼のために頑張ろうという気持ちになった。

昼食を済ませたユリウスと兵士たちが再び作業に戻っていくと、フレドリカは侍女たちに声をかけた。

「では皆さん、夕飯作りに取りかかりましょう」

侍女たちに交じって炊事場で働いているうちに、アンドレアの姿が見えないのに気が付いた。

「アンドレアさんはどこかしら？」

側の侍女たちにたずねると、

「さあ。昼の時には、ガスペル曹長に食事を届けに行くと言ってましたよ。あの酔っぱらい曹長、日射病になったとか言って、早々に隅っこの木陰で寝込んでました」

「ほんと、役に立たない男よね」

「この頃は、アンドレア侍女長もなにかとサボってばかり。奥方様のほうが、よほど働いておられますわ」

などと、口を尖らせて答えた。

「だめよ、人の悪口を言っては。私が呼んでくるわ」

フレドリカは侍女たちを窘《たしな》めると、野営地の外れまで足を運んだ。

木陰で、ガスペル曹長とアンドレアがなにやら話し込んでいる。アンドレアは馴れ馴れしくガスペル曹長にしなだれかかっていた。

「ねえ、曹長。お願いね」

アンドレアはガスペル曹長に猫撫で声を出した。

「まかせろ」

ガスペル曹長が鼻の下を伸ばして答えている。

「アンドレアさん、もう次の作業に取りかかりますよ」

フレドリカが声をかけると、二人はパッと身を離した。

アンドレアは素早く立ち上がった。

「今参ります、奥方様」

彼女はそそくさと炊事場へ向かう。フレドリカはガスペル曹長を見遣った。日射病と聞いていたが、すこぶる元気そうだ。

「ガスペル曹長、具合はいかがですか？」

するとガスペル曹長は急に顔を顰めてぐったりしてみせた。

「いやぁ、まだだるくて仕方ありません」

「そう――お大事にね」

そう言って背中を向けたが、二人の様子になにか嫌な予感がした。

だが、炊事場に戻ると、他の侍女たちがせっせと働いている姿に心打たれ、すぐに自分も手伝いに専念し、二人のことは頭から消えてしまった。

こうして――ユリウスたちの助力のおかげもあり、小麦の収穫は無事に終了した。

最終日の夜には、村人たちが村の広場で慰労会を開いてくれることになった。

広場の中央に大きな篝火《かがりび》が焚《た》かれ、村人たちが素朴な楽器でノスタルジックな曲を演奏している。村の女たちが腕を振るって、この地方の名物の鹿肉料理を兵士たちにご馳走《ちそう》している。ユリウスは、この夜ばかりは飲酒を許可したので、兵士たちは地ビールを振る舞われて、皆ほろ酔いでご機嫌だ。

これまでは動きやすい簡素なドレスで過ごしていたフレドリカは、きっちりとした正装姿に着替えた。同じように、パリッとした礼装軍服に身を包んだユリウスと共に、腕を組んで広場に現れると、村人たちや兵士たちから一斉に歓声が上がった。

「なんて美男美女のカップルだろう！」「英雄と女神様だ！」「最高にお似合いのご夫婦だ！」

花束を持った村の子どもたちがフレドリカに近づいてくると、少し緊張した声を出す。

「奥方様、お疲れでございました」

「まあ、素敵だわ」

フレドリカは頬を染めて花束を受け取る。

村長が進み出て、ユリウスとフレドリカに感謝の意を表した。

「今年も無事、麦刈りが終了いたしました。今までで最高の収穫でございました。これもすべて、大佐殿とそれを支える奥方様のおかげでございます。まことにありがとうございました」

ユリウスは嬉しげに目を細める。

「今回の一番の功労者は、我が妻フレドリカだ。彼女には感謝してもし足りぬくらいの働きをしてもらった」

フレドリカはさらに顔を赤らめた。

「いいえ、私の力など些細《ささい》なものです。それより、村の皆さんと兵隊さんたちが力を合わせて働く姿に、私はとても心打たれ、また学ぶべきことも多かったです。私こそ、皆さんになにかお礼をしたいです。でも……なにも差しあげるものがなくて……あの……」

フレドリカはユリウスに向かって小声で耳打ちした。

「歌を歌ってもよいですか？」

「もちろんだ」
ユリウスがうなずく。
フレドリカは、篝火の前にゆっくり出て行った。
「私の祖国の歌を披露します。死んだ母が、子守唄代わりによく歌ってくれたもので、祖国の言葉で覚えているのは、この歌しかありません。明日も安らかな一日が訪れますように、と願いを込めた歌です。皆さんのために、歌わせてください」
フレドリカは深呼吸すると、静かに歌い出す。
「オルディ　ヨ　ファム
ホルナイス　スベン　ナパン　レフ
ホルサック　デ　イヨン　トルティヌ
ソゾヴァイ　ヨ　ファム　グーテンメケン
眠れ、いい子よ。明日もいい日が来ます
きっと、いいことばかりが起こるでしょう
だから、おやすみ、愛しい子よ」
異国情緒豊かな少し物悲しい旋律を、フレドリカは澄んだ声で歌った。
この国に来て、滅んだ祖国の言葉で歌を歌うのは、これが初めてだった。
生き返る前は、祖国のことは思い出すことも辛くて、心の中で封印していたのに。今はとても静かな気持ちで歌うことができた。なにより、ユリウスに聞かせたかった。

ぱちぱちとはぜる篝火を背に、目を閉じて心を込めて歌うフレドリカの姿は、天使のように清らかで美しかった。

その場にいる者全員が、息を詰めて聴き惚れた。

故郷を思い出したのか、涙ぐんでいる兵士もいた。

歌い終わると、フレドリカは恥ずかしそうにぺこりとお辞儀をした。

「素晴らしい！」

ヘルマン少佐が真っ先に拍手した。それが合図かのように、割れんばかりの拍手が巻き起こる。自分の拙い歌がこんなにも受けたので、フレドリカは逆に狼狽えてしまう。

そっとユリウスが寄り添ってきて、耳元で低い声でささやいた。

「最高の贈り物だった、フレドリカ」

そう言うや、彼はぐっとフレドリカを抱き寄せ、人目も憚《はばか》らず唇を重ねてきた。

「ん……」

驚いて身を振り解こうとしたが、さらに強い力で抱きしめられ、強く唇を吸われると、頭がぼうっと甘く蕩けた。すぐに逆らうことをやめ、ユリウスの腕に身をゆだねた。

「よっ、お二人さんっ、お熱いねえ！」

ヘルマン少佐が合いの手を入れた。

どっと笑いが巻き起こる。

楽器を持った村人たちが、ここぞとばかりに賑やかなダンス曲を奏で始め、村人も兵士たちも一緒になって踊り出した。

こうして、野営の最後の夜は楽しく更けていった。


夜半過ぎ、ユリウスとフレドリカは、手を繋いでゆっくりと村の周辺を散歩した。ユリウスが少し酒を飲み過ぎたので、酔い覚ましに歩きたいと言ってきたのだ。

村人も兵士たちもすでに寝静まっていた。

月が煌々《こうこう》と照らし、足元もよく見える。

「いい夜だ」

ユリウスがしみじみ言う。

「小麦も豊作のようで、ほんとうによかったです。村の人たちもいい人ばかりで……」

フレドリカは、生き返る前の記憶を呼び覚ます。

一年後、ここらも戦場になるはずだ。

「あの……旦那様。私、今夜祖国の歌を歌っていて、思い出しました。エクヴァル王国がニクロ帝国に攻め込まれた時、彼らは市民にも容赦なく攻撃しました。ですから、国境に近いこの地の人々には、事態が不穏になる前に、早めの避難をさせてあげてください」

ユリウスがまじまじとこちらを見返す。

「あなたは――なんだかすっかり、軍人の妻らしくなっているね」

フレドリカは自分でもそう感じていた。始めのうちは、ユリウスの命を助けて、引いては自分の寿命も伸ばすことだけを考えていた。

けれど、こうやって兵士たちや村人たち、多くの人々と交流すると、皆を救いたい、と強く思うようになっていたのだ。

「そんな――でも、少しでもあなたの力になりたくて……」

「あなたは、過ぎるくらい私の力になっているよ、フレドリカ」

ユリウスが顔を寄せて、額に口づけした。

「あなたのために、私もなにかしてあげたい」

彼はちゅっちゅっと口づけを額や頬や目尻に落としていく。

「いつか――あなたの祖国エクヴァル王国を、ニクロ帝国から取り戻してあげたい。祖国のものは、たったひとつの歌しか持っていないあなたに――」

その言葉はフレドリカの胸に深く響いた。そんな壮大な野望を、彼は抱いていたのか？

いつからそんなことを？

フレドリカは首を振る。

「そんな……私はこのままで充分ですのに」

「フレドリカ――」

ユリウスが熱い眼差しで見つめてくる。吸い込まれそうな深い目の色に、フレドリカの心臓が高鳴った。

彼はフレドリカの腰を抱き抱えると、大きな樫《かし》の木の幹に、背中を押し付けるようにした。

「あ」

と思った時には、唇を塞がれていた。

濡れた熱い舌が、少し強引に唇を割って口腔に押し入ってくる。ユリウスの呑んだ地酒の甘い香りが口中に広がる。

「んんぅ……っ」

舌を搦め捕られ、強く吸い上げられると甘い戦慄がうなじから背中に走り抜ける。

「んゃ、あ、や……ぁ、こんなところで……」

顔を背けようとしたが、背中を大木で遮られ逃げ場がない。

くちゅくちゅと淫らな音を立てて、舌の上の感じやすい部分を擦られると、息が乱れ頭が酔ったみたいにぼんやりしてくる。

ユリウスは身体全体を押し付けるようにして、フレドリカの動きを封じ、執拗に彼女の舌を味わい蹂躙した。

「……ふぁ、んん、んんぅっ」

繰り返し舌を吸い上げられると、ぞくぞくした熱い痺れが下腹部の奥まで襲ってきて、四肢から力が抜けていく。

「……は、はぁ、はぁ……ぁ」

やっと唇が解放され、息も絶え絶えになってぐったりと木の幹に身体を寄せていると、ユリウスがおもむろに足元に跪《ひざまず》く。彼はスカートを大きくたくし上げ、下穿きを絹のストッキングごと、引き摺り下ろしてしまった。

「きゃっ、あっ……やっ」

下腹部が外気に晒され、月明かりに白く浮かび上がる太腿にさっと鳥肌が立った。

「やめて、旦那様、なにをするの?」

身を捩ってスカートを下ろそうとすると、ユリウスが顔を上げて艶めいた声で言う。

「あなたを気持ちよくするんだ。逆らわないで」

彼の目が獣じみた情欲で濡れ光っていた。その眼差しに、射竦められたように身体が動かなくなる。

「だって、お外で……こんな……」

寝静まっているとはいえ、村人も兵士たちもすぐ近くにいるのだ。

「しいっ――」

ユリウスが小声で諌め、ちゅっとフレドリカの膝頭に口づけした。擽ったく悩ましく、びくりと腰が浮く。

「そのまま――」

くぐもった声を出しながら、ユリウスはゆっくりと口づけを続ける。膝から太腿へと、じりじりと唇が這《は》い上ってくる。

「ぁ……あ」

ざわざわした淫らな感覚が、ユリウスの触れている肌から生まれてきて、子宮の奥がきゅんと疼いた。

焦らすみたいにゆっくりとユリウスは口づけながら、時折白い肌を吸う。

「ん、んん……」

湧き上がる性的快感に、フレドリカは声を漏らしそうになり、慌てて唇を引き結んだ。

ユリウスの手が両膝にかかり、ゆっくりと開脚させてくる。

「あ、だめ……」

太腿を閉じ合わそうとしたが、力が全然入らない。

ユリウスの視線が秘められた部分に釘付けになっているのを、痛いほど感じていた。それだけで、媚肉がじわりと熱くなる。

ユリウスの指が、くちゅりと陰部を暴く。

「あっ……」

「見られただけで感じてしまった？　花びらが開いてしっとり濡れ始めている。甘酸っぱくていやらしい香りもするね」

「やめて……誰かに見られたら……」

フレドリカは浅い呼吸をしながら、声を震わせる。

ユリウスがふうっと股間に息を吹きかけるようにして、含み笑いをした。

「今あなたを見ているのは、天の月と私だけだ」

ため息の刺激と艶めいた言葉だけで、隘路の奥からさらにじゅくりと愛蜜が溢れてくるのがわかった。

あまりのはしたなさに、目を閉じて羞恥に耐える。

と、なにかぬるりと熱いものが陰唇に触れてきた。

「ひぁっ？」

悩ましい感触に腰がびくんと浮いた。

直後、ユリウスが舌先で秘所を舐めてきたのだと気が付き、衝撃を受けた。これまで、そこへ指での愛撫を受けて心地よくされることはあったが、口を使われたことは初めてだったのだ。

身を捩って逃れようとしたが、両方の太腿をユリウスの手ががっちりと押さえ込んでいて、びくとも動けない。

「あ、や、めて……そんなこと……っ、あ、あぁっ」

ユリウスの濡れた唇が花芽を咥《くわ》え込み、軽く吸い上げられると、鋭い喜悦が脳芯まで走り抜け、甘い悲鳴が口をついて出てしまう。ユリウスは、小さな突起を口腔にねっとりと包み込み、舌先でゆっくりと転がしてきた。

「は、あぁ、あ、だめ……そこ、あ、ぁああ……」

鋭敏な肉粒は、たちまち充血してぽってりと膨らんでしまう。ユリウスは口に含んだ秘玉に舌を這わせては、強弱をつけて吸い上げた。それは、指で触れられるよりずっと卑猥で滑らかで、刺激が強かった。腰が砕けてしまいそうな愉悦が全身を駆け巡っていく。

「や、いやぁ、あ、舐めちゃ……あ、あぁ、あ」

フレドリカは内腿をぶるぶる震わせ、強烈な悦楽に耐えた。恥ずかしくてやめて欲しいのに、いやらしく優しく舐めしゃぶられるたび、強い快感に両足が求めるみたいに緩み、新たな愛液がどんどん溢れてくる。

ユリウスは垂れてくる淫蜜を、じゅるりと卑猥な音を立てて啜り、さらにちろちろと舌先で陰核をなぶる。

あまりに淫靡《いんび》な喜悦に、フレドリカは猥りがましい声を抑えることができなくなる。口に拳を押し当て、声を出すまいと耐えた。すると、わずかに顔を離したユリウスが、濡れた眼差しで見上げてくる気配がした。

「我慢しなくてもいいんだ、フレドリカ、感じるままに、好きに振る舞っていいんだ」

再び花芽をぬるぬると舐め転がされ、執拗で濃厚な口腔での愛撫に、フレドリカはもはやなす術もなく翻弄された。

「はぁあ、あ、あぁ、だめぇ、あ、そんなにしちゃ……あ、あぁん」

静かな夜の空気の中に、艶めいた喘ぎ声が吸い込まれていく。どうしようもなく感じ入ってしまい、腰が浮き上がりもじもじとうごめいてしまう。

強い刺激に、蜜壺《みつつぼ》がきゅうきゅうと収斂し、そこにも触れて欲しいと苦しいほど飢えてくる。触れられてもいないのに、ドレスの内側で乳首がツンと硬く尖り、じんじん痛みを覚えるほど痺れた。

思わずはしたなくも、腰を突き出し、ユリウスの顔に押し付けていた。

すると、ユリウスの分厚い舌が蜜口の奥へ押し入って、媚肉のあわいをくちゅくちゅと掻き回してきた。濡れた襞がきゅんと締まり、彼の舌をさらに奥へ引き込もうとした。

「んんっ、ああ、はぁ、は、はぁん、あぁあ」

膣奥から、さらにぬるついた蜜が噴き出してくる。

下肢から愉悦の波が迫り上がってきて、頭の中を真っ白く染める。絶頂にみるみる追い上げられてしまう。

「……あ、あ、もう、あ、もう……っ、だめぇ、もう、もう……っ」

フレドリカはいやいやと首を振って、終わりが近いと告げる。

ユリウスは容赦なく、フレドリカを追い詰める。ぱんぱんに腫れた肉芽を唇で挟み込み、小刻みに揺さぶってきた。

それでもうダメになってしまう。

全身がびくびくとのたうった。

「んんんーぅ、んーーーっ」

絶頂に達してしまい、思考が停止してしまう。

「はぁっ、は、はぁ……ぁ……ぁ」

目を伏せて息を整えようとすると、ユリウスがおもむろに立ち上がる。

彼がトラウザーズの前を寛げる。その衣擦れの音に、フレドリカはびくりと反応してしまう。うっすら瞼を開くと、月明かりの中にユリウスが握った雄々しく屹立したものが目に飛び込んできた。その禍々《まがまが》しいほどの欲望に、視線が釘付けになり、媚肉がひくひくあさましくおののいた。

「フレドリカ——私が欲しいか？」

ユリウスの目が情欲で濡れ光っている。

フレドリカは、自分の瞳も同じように淫らに濡れているだろうと思った。

欲しい。

フレドリカは自らドレスをたくし上げ、下腹部を晒した。淫蜜が太腿までじっとりと濡らしている。

「欲しい……旦那様が欲しい」

掠れる声で答える。

ユリウスの目が獲物を狙う獣のようにすうっと細まった。

「では、木に手をついてお尻を向けてごらん」

「え、そ、そんな格好……」

一瞬躊躇《ちゅうちょ》するが、傘の開いた亀頭の先端から溢れる先走りの雫を見ると、それだけで子宮がつーんと甘く痺れた。

もう一刻も待てない。

おずおずと背中を向け、木の幹に両手をついて、両足を開き尻を突き出した。自分がどんなに淫らな格好をしているだろうと想像するだけで、熟れ襞がきゅっと締まり、軽く達してしまいそうになる。思わず尻を振り立てて催促していた。

「だ、旦那様、は、早くぅ……」

「おねだりも上手になったね、可愛いフレドリカ」

ユリウスの両手が尻肉を大きく割り開く。そして、綻んだ花弁に熱い肉塊の先端が押し付けられた。その硬さと熱さだけで、肉襞がざわざわした。

灼熱の肉槍が、ずぶりと挿入された。

「はあああっ、あぁぁ」

満たされる感覚で、軽い絶頂に飛ぶ。

「ああ、とろとろだ、フレドリカ」

ユリウスが息を乱し、一気に最奥まで押し入ってきた。子宮口まで突き上げられ、その衝撃に目の前が真っ白になった。

「ひぁ、あああぁっ」

下腹部の奥で苛烈な愉悦が弾け、フレドリカは目を見開いた。

ユリウスはそのままがつがつと腰を穿ってくる。

「あ、あ、激し……あ、はぁ、はぁあ」

あまりに乱暴な律動に、フレドリカは逼迫《ひっぱく》した嬌声を上げた。だが、その息も継げないほどの抽挿は、信じがたい快楽を与えてくる。

「ぁあん、あ、はぁ、はぁあん」

もはや甲高い喘ぎ声を恥じる余裕もない。

「いい声で囀る。あなたは可愛い小夜啼鳥《ナイチンゲール》だ」

ユリウスが色っぽい声でささやく。

「もっと囀くがいい」

ユリウスは時に浅く時に深く、リズミカルな振動をフレドリカに与え続ける。

「あっ、はぁ、ん、いやぁ、こんなに、あぁ、ぁん、ぁあん……」

ユリウスに突き上げられるたびに、深い愉悦に達してしまい、媚肉が強くイキんで肉胴を締め上げてしまう。そうすると、さらに強い快感を得てしまい、おかしくなりそうなのに止めることができない。

「あ、ああっ……旦那、様……深い、深いのぉ……っ」

感極まって甘くすすり囀くと、ユリウスはフレドリカの細腰を抱え込み、さらに結合を深めた。そして、今度は力任せに腰を打ちつけてきた。

「ひぁっ、そ、そんなに……しちゃ、こ、壊れ……て、あ、あぁぁ、あぁあぁん」

もう何度も極めたのに、さらに続け様に喜悦の波に呑み込まれ、フレドリカはなりふりかまわず乱れ囀き叫んだ。

二人の荒い呼吸が重なり、粘膜の打ち合うくぐもった音と、愛液が弾けるぐちゅぐちゅという音が混ざり合い、フレドリカの耳孔すら妖しく犯していく。

「あ、もう……あぁ、もう、達ったから、もう、あぁ、またぁ、また、達くぅ……っ」

ユリウスの激しい揺さぶりに、フレドリカは必死になって木の幹に縋りついた。

徐々に、ユリウスの抜き差しに合わせ、腰が揺れていく。彼が突き入れるタイミングで尻を突き出すと、さらに奥に先端が届くようで、それが堪らなく気持ちいい。

「はぁあん、あ、あぁ、すごい、あぁ、すごく、感じて……感じちゃう」

まるで盛りのついたメス猫のように、背中を反らし腰をくねらせていた。

「素敵だよ、フレドリカ。普段は清楚で控えめなあなたが、私にだけ、こんなにも淫らにいやらしく感じてくれるなんて、最高だ」

ユリウスが掠れた低い声でつぶやき、最後の仕上げとばかりに腰の律動を加速させ、同時に右手を結合部に潜り込ませてきた。愛蜜をまぶした指が、鋭敏な肉芽に触れてくる。

フレドリカはびくんと大きく腰を浮かせた。

「ひぁあ、そ、れ、だめぇぇっ」

剛直によって与えられる重く熱い愉悦と、秘玉から弾ける鋭い快楽に同時に攻め立てられ、フレドリカはやすやすと絶頂に飛ばされ、もはやそこから戻れなくなってしまう。

「いやぁあ、あ、あぁ、あ、だめぇ、終わらない、終わらなくなるぅ、あぁぁぁ、もう、だめになっちゃぅう」

全身をびくつかせ、肉壺は熱く燃え上がるようで、目尻から歓喜の涙がぽろぽろと零れ落ちる。

もうこれ以上はおかしくなる。過ぎた快楽は恐怖すら与えてくる。

「う、ぁ、あぁ、も、あ、もう、おね、がい、一緒に、もう、来て、旦那様、もう、来てええぇ」

イキみ喘ぎながら、フレドリカの濡れ襞は灼熱の肉棒をきりきりと締め付けた。ユリウスの欲望が、どくんとひと回り大きく膨れた。彼の終わりも近い。

「ああ、一緒に達こう、フレドリカっ」

ユリウスはフレドリカの尻肉を両手で掴むと、がむしゃらに腰を打ちつけ始める。

「あああぁ、あ、すごい、あ、すごい、も、あ、もう、達く、あ、い、くぅ……っ」

もはや悦すぎて、早く終わらせたい気持ちになる。感じ入った蜜壺が、ひときわ強く収斂した。

「っ——出るっ」

ユリウスは低く唸り、荒々しい吐息と共にぶるりと大きく胴震いした。

「あ、あぁぁぁぁあっ」

どくどくと白濁の欲望が最奥へ解き放たれた。

「あ、あ、あぁ、あ、熱い……ぁぁ、あ、あ……」

灼熱の精が大量に噴き零れる感覚に、フレドリカは一瞬意識を失いそうになった。

その場に頽れかけたフレドリカの身体を抱き抱え、強く収斂する膣洞に押し戻されそうになる剛棒を捩じ込み直し、欲望の最後の一滴まで注ぎ込んだ。

「……はっ、はぁ……ぁあ……」

「はあ——は、あ——」

まだ胎内にユリウスの脈動を感じながら、フレドリカは虚ろな眼差しで夜空を見上げた。

この上ない充足感が全身を満たしている。

「——している」

ぼんやりと霞のかかった頭の中に、ユリウスの掠れたささやきがかすかに響く。

「……え……なに？」

なにかとても大切なことを言われたような気がして、フレドリカは思わず肩越しに振り返って、聞き返した。

「ん……」

ユリウスはせつなげな表情で見返し、それ以上は何も言わず、そっと唇を重ねてきた。

優しい口づけの感触に、再びフレドリカの頭は空っぽになってしまい、もうなにも考えられなくなった。


翌日。

ユリウス一行は、帰路に就いた。

村人が街道に並んで、総出で見送ってくれた。

「大佐殿、奥方様、兵隊さんたち、いろいろご苦労様でございました！」「どうかお元気で！」「また来年おいでください！」

口々に別れを惜しむ村人たちに向かって、フレドリカは馬車の窓から身を乗り出すようにして、いつまでも手を振って応えた。

「ありがとう、皆さん、また来年必ず来ます！」

未来の明るい約束を口にすると、それが必ず叶えられそうな気がした。

そんなフレドリカの様子を、馬車に並走した馬の上から、ユリウスは優しい眼差しで見つめていた。

第四章　別れと秘密

駐屯地での生活は、穏やかに過ぎていった。

フレドリカは、兵士たちや村人たちとの交流を深め、駐屯地での生活にどんどん馴染んでいく。

ユリウスは常に優しく接してくれて、夫婦の絆も日々強くなっていく気がした。いつの間にかフレドリカは、もしかしたら最悪な未来など訪れないのではないか、と楽観する気持ちになっていた。

だが、運命の一年後――。

その日フレドリカは、駐屯地の一角に設けられた娯楽室で、兵舎の女房たちと歌の会に参加していた。遠く故郷を離れ、兵士の夫に付いてきてこの地に暮らす妻たちを慰労したくて、最近、歌の会を立ち上げたのだ。

皆が、それぞれの故郷の歌を披露する。ひと時、女房たちは日常の気苦労を忘れて楽しく過ごし、会はいつも盛況であった。

会の最後には、いつもフレドリカが祖国の歌を歌うことになっていた。以前、村人たちの前で披露した異国情緒豊かなその歌は、女房たちにもとても好評であったのだ。

自分の番になり、フレドリカが席を立ち上がろうとした時だ。

にわかに、外の様子が騒がしくなった。兵士たちがばたばたと走り回る気配がする。

と、血相を変えたボリスが娯楽室に飛び込んできた。

「皆さん、緊急事態です！　奥様、ニクロ帝国軍が、北の国境を越えて侵攻してきたそうです！」

「なんですって？」

フレドリカは全身から血の気が引いた。女房たちも色を変えた。

やはり、起こってしまったのか。避けられない未来が来たのか。

フレドリカは胸の動悸《どうき》を抑えながら、女房たちにはできるだけ落ち着いた態度で告げた。

「歌会は中止です。皆、それぞれの宿舎に戻り、指示を待ってください」

女房たちが出ていくと、フレドリカは素早くボリスにたずねた。

「旦那様は？」

「出兵の準備にかかっております。即座に、ニクロ帝国軍を迎え討つおつもりかと」

「出兵――っ」

フレドリカは心臓がきゅうっと縮み上がる。

戦場に行かせてはいけない。

彼を戦死させてはならない。自分が死に戻ったのは、ここでユリウスを引き止めるためなのだ。

どんな手段を使っても引き止めよう。

「旦那様は、今どこに？」

「兵舎の執務室で、作戦会議をなさっております」

フレドリカはスカートをからげると、脱兎《だっと》のごとく駆け出した。

「あっ、奥様、お待ちを――」

背後からボリスが声をかけたが、聞く耳を持たなかった。

執務室の扉の前では、槍を構えた兵士たちが守っていた。フレドリカが息を切らして駆けつけると、兵士たちはやんわりと押しとどめる。

「奥方様、ただいま大佐は重要な会議中です」

「お願い、旦那様に会わせて、お願い……っ」

兵士たちと揉み合っていると、

「何を騒いでいる」

と、声がして、内側から扉が開き、ユリウスが怖いほど真剣な顔で出てきた。彼はフレドリカの姿を見ると、わずかに表情を緩めた。

フレドリカは縋るような眼差しでユリウスを見つめた。

「旦那様……っ」

ユリウスは背後に立っていたヘルマン少佐を振り返り、

「では、そのように指令を出せ。二個中隊の準備が終わり次第、広場に整列させろ」

ときびきびと命令した。

「はっ」

ヘルマン少佐は敬礼をすると、大股で退出した。

ユリウスはいつもの穏やかな口調になる。

「そんな顔をするな――会議は終わった。私も支度をしに屋敷へ戻るので、一緒に行こう」

フレドリカはハッとする。他の兵士たちのいる前で、上官の妻として取り乱した姿を見せるべきではなかった。唇を嚙み、こくんとうなずく。

ユリウスに手を取られ、兵舎を出て屋敷に向かう。その間、フレドリカはずっと無言で耐えた。手を絡めたユリウスの腕に、いつもはない強張りを感じる。

屋敷では、ボリス始め使用人たちが緊張した様子で出迎えた。

ユリウスは彼らに落ち着いた声で告げた。

「皆、すでに知っていると思うが、ニクロ帝国軍が北の国境を侵犯した。駐屯地は非常事態になる。心してくれ」

ボリスがいつもと変わらぬ口調で応えた。

「承知しました」

ユリウスはフレドリカにさりげなく言う。

「では、私の部屋で支度を手伝ってくれ」

「はい……」

使用人たちが見ているので、フレドリカは取り乱さないように自分を抑えるのに必死だった。

だが、ユリウスの部屋に入るや否や、もはや我慢できなかった。

震える声で言う。

「だ、旦那様も、戦場に行かれるのですか？」

「むろんだ」

「行かないで！」

声が裏返ってしまった。

「行ってはだめ、行かないで、戦場になんか行かないでくださいっ」

ユリウスの胸にしがみつき、泣きそうな声で訴えた。

ユリウスはあくまで穏やかに答える。

「そんなに心配しないで。前に約束したろう？　私は決して死んだりしないよ」

フレドリカはいやいやと首を振った。あの時は、そんな口約束でも安堵できた。

だが、現実に危機が訪れると、気が動転してしまった。

「だめ、旦那様は死んでしまう、行ったら死んでしまうの！」

嗚咽が込み上げてくる。こんな駄々っ子のような訴えでは、ユリウスには通じないだろう。だが、彼の死ぬ未来をすでに知っているとも言えない。引き止めるのが無理ならば、彼を危険な場に行かせないようにしなければ。少しでも、死から遠ざけたい。

涙を呑み込み、少し落ち着いた声になる。

「ごめんなさい……狼狽えてしまって。旦那様は指揮官ですものね。兵隊さんたちを率いる使命がありますものね」

ユリウスがそっとフレドリカの背中を撫でた。

「その通りだ。私は行かねばならない」

フレドリカはひくひくと肩を震わせながら、切実な眼差しで訴える。

「でも、どうか前線には行かないでください。旦那様は総指揮官なのですから、後方での指揮に専念なさってください」

すると、それまで穏やかだったユリウスの表情が生真面目なものに変化した。

「フレドリカ――非常事態に、指揮官だからと、のうのうと安全な場所から命令することなど、私の意思に反することだ。兵士たちの命を、駒のように扱う気はない」

これまで聞いたことのない厳しく強い決意の込もった口調に、フレドリカは声を失う。

「安穏と安全な場所から指示を飛ばすだけでは、命を懸けて戦う兵士たちがついてこない。大将こそが敵を恐れず突き進む姿を見せ、味方を鼓舞するべきだ」

「旦那様……」

フレドリカはユリウスの清廉な気持ちに心打たれた。

なんとまっすぐで勇気ある人なのだろう。

もはや、ユリウスを引き止めることなどできないのか。

「すみません……軍人の妻としてみっともない態度を見せてしまって。遠征のお支度などを侍女に命じてきます」

うつむいたまま逃げるようにユリウスの部屋を出た。

頭の中は混乱しきっていた。何かないか。どうにかしてユリウスを戦地に行かせない手段はないか。

フレドリカは、廊下の庭に面した高窓に目を遣った。

そっと窓を開ける。地面を見下ろす。ここは二階だ。

「私がここから飛び降りて、大怪我でもすれば――」

フレドリカのことを大事に思ってくれているユリウスのことだ。フレドリカの身を案じて、出立を断念するかもしれない。

フレドリカは何かに引き寄せられるように、ふらふらと窓枠に足をかけた。打ちどころが悪ければ、怪我だけでは済まない。

でも、どうせ一度死んだ身だ。ユリウスの命を助けるためなら、代わりに自分が死んでもかまわない、とすら思った。震えながら身を乗り出す。

「フレドリカッ」

直後、ユリウスに背後から抱きすくめられ、廊下に引き戻されていた。勢い余って、二人は廊下に倒れ込んだ。ユリウスは咄嗟に自分がフレドリカの下になって、その身を庇《かば》う。

「あっ……？」

「なにをする気だったんだっ？」

ユリウスが真っ青な顔をして怒鳴った。

「わ、私……」

「あなたの様子が尋常ではないので、気になって追いかけてきたんだ。あなたになにかあったら、私はどうしたらいいんだっ？」

「ユリウス様……ああ……」

自分がどんなに愚かで無謀なことをしようとしていたか悟った。

眦《まなじり》からポロポロと涙が溢れる。

「ご、ごめんなさい……私、どうしても旦那様を戦場に行かせたくなくて——怪我でも負えば、あなたを引き止められるかもしれないなんて、思って……ごめんなさい……っ」

ユリウスの腕の中でひくひくと肩を震わせて嗚咽した。

彼の大きな手が、背中を優しく撫でた。

「そんなに思い詰めたのか——可哀想に。だが、あなたを失うことのほうが、私は戦争に行くよりも恐ろしいよ」

「旦那様……」

フレドリカは涙でびしょびしょの顔を上げた。怒っているかと思ったが、ユリウスはとても慈愛に満ちた表情だった。

「あなたがその身を厭《いと》わないほどに私の命を案じてくれたのは、ほんとうに心に響いた。こんな一途でいたいけなあなたを残して、死ぬわけにはいかないな。無論、私は死ぬ気などさらさらない。生きてあなたのもとに帰ると強く心に決めているんだから」

「旦那様——」

フレドリカは、彼のこの強い気持ちがどうか悪しき運命を追い払ってくれるように、と胸の中で強く祈った。

ただ、前の人生で彼の戦死の状況だけは熟知しているので、その場面だけは必ず回避させよう。

「それでしたら、旦那様。どうか、決して、深追いだけはなさらないようお願いします。一度退却したかに見せて、敵を引き寄せてから反撃してくるのが、ニクロ帝国軍の戦い方だと聞いています。そのやりくちで、私の祖国も滅ぼされてしまいました」

ユリウスは真剣な表情でうなずいた。

「うん、ニクロ帝国軍の手口は、重々頭の中に叩《たた》き込んでおく。すでに祖国を失ったあなたに、再び家族を失う悲しみを与えたりはしない」

「家族……」

その言葉はじーんと胸に響いた。

「そうだ、私たちは夫婦であり、家族でもある。そして、家族が増えていく未来だってある。それを私も失いたくない」

ユリウスがそっとフレドリカの濡れた頬を撫でる。フレドリカは感動で再び涙が溢れそうになった。が、ぐっとそれを抑える。もう泣かない。

違う未来が待っているかもしれない。死ではない、生への未来が。

信じよう、ユリウスを。違う明るい未来が来ることを。

フレドリカは頬を撫でるユリウスの手に、自分の手を重ねた。

「その未来を守りましょうね」

「必ず守るよ」

二人はしっかりと抱き合い、しばし、静謐《せいひつ》な時間の中に佇んでいた。

――夜半過ぎ。

慌ただしく装備を整えた駐屯軍を率いて、ユリウスは北の国境へ向けて出立していった。

夜陰《やいん》に紛れての進軍のため、見送りもいっさい不要とのことで、フレドリカはユリウスの武運を屋敷の中から祈った。

気持ちが昂《たかぶ》ってとても眠れず、暖炉の上の小さな祭壇の前に跪き、一晩中祈った。

「神様、どうか旦那様をお守りください。無事、ここへお返しください。私の命に換えてもかまいません」

そう自然に祈りの言葉が口をついた。

その時、ハッと気が付く。

死に戻った当初は、自分の悲惨な最期を回避したいがために、ユリウスの命を救うことを考えていたものだ。

それなのに、今は自分の命よりもユリウスの命のほうがずっと大事に思えた。

こんな気持ちになるなんて――。

ふと、にゃあとか細く鳴くフレィの声がした。

部屋の戸口に、フレィがしょんぼりと佇んでいる。動物の直感で、ユリウスの身に迫る危機を理解しているのだろう。

「フレィ、お前もユリウス様のことが心配でならないのね」

フレドリカは気持ちを込めて声をかける。

「こちらにおいで。一緒に大事な人のご無事を祈りましょう」

すると、フレィがゆっくりと近づいてきて、フレドリカの脇に座った。そして、まるで祈るように祭壇を一心に見上げている。

「いい子ね。お前は旦那様が大好きなのね。私もなの、あの方が大事で――」

そろそろと手を伸ばし、フレィの背中に触れた。フレィは拒絶しなかった。

フレドリカは胸が熱くなる。互いにユリウスを思う気持ちはひとつなのだ。

フレィの背中を撫でながら、小声でつぶやく。

「大事で――大好きなの、そう、大好き……」

きゅうんと心臓が甘く痛んだ。

なぜ、彼が行ってしまってから、やっと気が付いたのだろう。

好きなのだ。

ユリウスのことが、いつの間にか大好きになっていた。

いや、そうではない――。

「愛しているんだわ……」

口にすると、その感情が胸に迫ってきてフレドリカはせつなさに息が詰まった。

愛している。

ユリウスを愛している。この言葉を、告げることができなかった。

「生きて戻って、旦那様。私のほんとうの気持ちを、まだ伝えていないのに……」

フレドリカは胸の前で両手を組み、さらに一心に祈り続けた。その傍らで、フレィも微動だにせず佇んでいた。


毎日、戦場から伝書鳩《でんしょばと》の伝令で戦況が駐屯地に伝えられた。

ユリウスの率いる軍は意気軒昂《いきけんこう》で、強敵ニクロ帝国軍に対し一歩も退かぬ構えであった。

幸い、今のところユリウスは負傷することもなく元気であるという。

駐屯地では主力の兵士たちはほとんど出兵してしまったので、残っているのは病人や事務方の兵士たちばかりだ。その中には、体調不良を訴えたガスペル曹長も交じっていた。

フレドリカは、ユリウス不在の駐屯地の規律をできる限り守ろうと、懸命に立ち働いた。同じように残された兵士の妻たちと協力し、兵舎を清潔に保ち、また敵の襲撃があった時のために、残った兵士たちに命じて迎え討つ準備も怠らなかった。周囲の村々に通達し、いつでも緊急避難できるような備えと心構えをさせた。

そして、寝る前は必ず神にユリウスの無事を祈った。

駐屯地や村の人々は次第に、フレドリカこそが、ユリウスが不在の間のこの地の主人であると認めるようになっていった。

ユリウスが出兵して半月後、待望の吉報が戦場から届いた。

ユリウス率いる駐屯地軍は、ニクロ帝国軍を国境の向こうへ追いやることに成功した。

現在、ユリウスはニクロ帝国軍と停戦のための話し合いに入っているという。

知らせを受けたフレドリカは、心底安堵した。

「旦那様が敵を見事に追い払ったのだわ。戦は終わって、お戻りになられるのね！」

これで、生き返る前の悪しき運命を避けることができたのだ。

駐屯地は歓喜に包まれた。

「皆、帰還する兵隊さんたちを心から慰労してあげましょう」

フレドリカは負傷兵のための医療の準備や、炊き出しなどテキパキと指示を出した。

心は躍る。

早くユリウスの無事な姿を見たい。

足りないシーツなどの数を確かめるために、ボリスを伴って倉庫に向かった時だ。

フレィが穀物倉庫の前でしきりににゃあにゃあと鳴いている。

「フレィ。ネズミでもいるの？」

近寄ると、倉庫の鍵が外れていた。

「どうしたのかしら、鍵はきちんと管理していたはずなのに」

「奥様、泥棒でも入ったのかもしれません。私が先に入って確かめますので、どうぞ、お下がりください」

ボリスがそう言い置いて、倉庫の扉を静かに開け、中に足を踏み入れた。フレドリカはフレィを抱き上げ、扉の前で待機した。

と、中からきゃあっという女性の悲鳴が上がった。

直後、ボリスの怒声が飛ぶ。

「貴様ら！　何をしているっ」

「どうしたの？　ボリス」

女性の悲鳴が気がかりで、フレドリカは思わず倉庫の中に足を踏み入れた。

「あっ……」

穀物袋を積み上げた陰に、服装を乱した男女がいた。

一人はアンドレアで、もう一人はガスペル軍曹だ。

アンドレアがそそくさと衣服の乱れを直しているが、あきらかに二人は淫らな行為に耽《ふけ》っていたのだ。

さすがのフレドリカも、頭に血が上る。

「あ、あなたたちっ、こ、この非常時に、何をしてるのっ」

怒りでわなわなと唇が震えた。

アンドレアとガスペル軍曹は気まずそうに顔を背けている。

ボリスがアンドレアに厳しい声で言う。

「アンドレア、早く持ち場に戻りなさい。あなたへの懲罰は、後で奥様に決めてもらう」

アンドレアはうつむいたまま、フレドリカの横を通り過ぎて外へ出て行った。

ボリスは続けてガスペル軍曹に告げる。

「軍曹殿、あなたのたび重なる逸脱行為は、私にも目に余るものがある。このことは、ご主人様にきっちりと報告させていただくぞ。心せよ」

「くそ、執事ふぜいが軍人に命令するな」

ガスペル軍曹が毒づく。

フレドリカは素早く前に進み出た。

「軍曹、ボリスを誇ることは許しません。あなたも軍人であるのなら、戦場で必死で戦って勝利を得た皆さんに、申し訳ないと思わないのですか？」

ガスペル軍曹が憎々しげにフレドリカを睨みつけた。

「奥方様も、大佐殿の威を借りてずいぶんと偉そうになったものだな。だが、その大佐殿の忌まわしい経歴などご存じないのだろう？　大佐殿は犯罪人の子どもだぞ」

ボリスがハッと息を呑んだ。

信じられない言葉にフレドリカは目を丸くする。ガスペル軍曹は怒りに任せて口から出まかせを言っているに違いない。

「何を言うの？　旦那様は、由緒あるベンディクト家の公爵様、一点の曇りもありませんん！」

ガスペル軍曹は狡猾《こうかつ》そうに目を細めた。

「俺は、上官たちの噂話を小耳に挟んだんだ。大佐殿は――」

ふいにボリスが口を挟んだ。

「軍曹殿、早く業務に戻りなさい。そうすれば、今回の件は不問にしてもよい」

ガスペル軍曹が口元をにやりと歪めた。

「ふふ、そうこなくてはな。では、失礼する」

ガスペル軍曹はゆうゆうと穀物倉庫を出て行った。

フレドリカは唖然とし、ボリスに問い質した。

「ボリス、どういうことなの？　あんな卑劣な男を許していいのですか？　それに――旦那様が犯罪人の子どもだなんて、そんな戯言を――っ」

ボリスの顔色が青ざめている。

彼は唇を嚙んで無言でいたが、フレドリカと目を合わさないようにして、低い声で答えた。

「奥方様――今は、旦那様や兵隊たちを気持ちよく迎えることだけに専念しましょう。せっかくの凱旋《がいせん》なのですから」

「で、でも……」

ボリスはゆっくりと顔を上げ、真摯な表情で言った。

「奥方様、いずれはご主人様からお話があることでしょう。それまでは、どうか奥方様の胸ひとつに収めておいてください。でも、これだけは申し上げられます。ご主人様は、天《てん》地《ち》神明《しんめい》にかけて、清廉潔白なお方です」

「――」

先代からベンディクト家に仕えているボリスは、深い事情を把握しているのだろう。だが、彼の言葉に嘘偽りは感じられなかった。

悪しき運命を変え、やっと幸せに生き直す未来への道が見えてきたのだ。

悪意ある言葉に左右されてはいけない。

「わかりました――私は旦那様を信じています」

静かに答えると、ボリスが感銘を受けたような表情になった。彼は恭しく頭を下げた。

「奥方様――ほんとうに、変わられました。このボリス、ご主人様に生涯忠実にお仕えする覚悟でございますが、同じ覚悟で、奥方様にも命を捧《ささ》げて尽くします」

「ボリス……」

フレドリカは胸が熱くなる。これまで、ベンディクト家に馴染めないフレドリカを、ボリスがずっと支えてくれた。その献身は、ユリウスへの忠誠心からなせるものだと思っていた。

今、女主人と執事長という立場にやっとなれたような気がした。

「ありがとう。これからも、ベンディクト家を助けてください。お願いね」

「かしこまりました、奥方様」

その後、屋敷に戻ったフレドリカは、アンドレアを書斎に呼び出して厳重注意をした。

「男女の気持ちに水を差すようなことはしたくはないですけれど、どうかわきまえた行動をとるようにしてください。悪いけれど、あなたの逸脱した行為に対して、侍女長の役目から降りてもらいます」

「承知しました――」

アンドレアは硬い声で答えた。彼女は部屋を出て行く際に、ちらりとフレドリカに視線を投げた。そこには憎悪の色がありありとあった。

フレドリカはため息をつく。

なぜアンドレアから、謂れのない悪意を向けられるのか理解できなかった。

だが、それよりもなによりも、明日はユリウスが帰還する。

元気な姿を早く見たい。

会いたい、抱きしめたい。

悪しき運命が変わったことを確かめたい。

その晩は、ドキドキしてなかなか寝付けなかった。

翌早朝。

駐屯地の入り口で、留守を預かっていた人々がそわそわしながら勢揃いして待ち受けていた。街道沿いには、近隣の村人たちも集まっていた。

「ああ、まだかしら。まだお戻りにならない？」

フレドリカも落ち着きなく、しきりに物見台の上の見張りの兵士を見上げた。

程なく、物見台の兵士が大声を上げた。

「見えました！　我が軍の旗です！　もうすぐ丘を上ってきます！」

わあっと歓声が上がった。

「ああ……旦那様」

もはやフレドリカは居ても立ってもいられなかった。

思わず、駐屯地へ続く街道を駆け出していた。

「奥方様、お足元にお気を付けを」

ボリスが背後から注意したが、あえてフレドリカを止めようとはしない。

「旦那様、旦那様」

フレドリカは必死で走った。

街道の向こうに、ヒュランデル王国の赤い旗印がひらめいた。直後、騎馬兵団がこちらへ行進してくるのが見えた。旗持ち兵士の背後に、愛馬に跨ったユリウスの姿が――。

「旦那様ぁーーー！」

フレドリカは声を限りに叫び、手を振った。

その声を聞き届けたのか、ユリウスの馬がさっと先頭に進み出た。

「フレドリカー！」

朗々としたユリウスの声が呼ぶ。

彼はひらりと馬を降りると、こちらに向かって大股で歩いてくる。

「ああ……生きて、ご無事で」

ユリウスは髪はぼさぼさで日焼けし無精髭を生やし、軍服は泥まみれだった。いかに過酷な戦を勝ち抜いてきたことだろう。だがその勇姿は、これまで見たどんなユリウスより凛々しく美しかった。

ユリウスがゆっくりと両手を広げる。

フレドリカは夢中でユリウスの胸に飛び込んだ。

ユリウスがぎゅっと抱きしめてくれる。

同じ強さで、フレドリカはユリウスに抱きつく。

「お帰りなさい、旦那様！　ユリウス様……」

「ただいま、フレドリカ」

二人は万感の思いで名前を呼び合った。

温かく息づくユリウスの胸の感触に、フレドリカは嬉し涙が止まらない。

「お怪我もなく……ああ、旦那様、嬉しい……」

嗚咽で声は掠れた。

「約束通り、戻ってきたぞ」

ユリウスが耳元で低い声でささやく。

「はい……信じてお待ちしてました」

ユリウスの手が、そっとフレドリカの頤《おとがい》を持ち上げる。

フレドリカは顔を仰向け、濡れた瞳でユリウスを見上げた。

彼の瞳も心なしか潤んでいる。

「フレドリカ」

艶めいた声で名前を呼ばれると、身体の芯がじわっと熱くなるような気がした。

「旦那様」

フレドリカはそっと目を閉じる。

ユリウスの息遣いが近づいてくる。

そして、しっとりと唇が重なる。

「ん……」

久しぶりの口づけに、触れられた途端、全身が甘く蕩けるかと思った。

「ああ、あなたの唇――どんなに触れたかったか」

ユリウスが感慨深い声を出し、繰り返し唇を押し付けてくる。

次第にそれは熱の込もったものになり、深いものに変わった。

「あ……ふ……」

ユリウスの舌が唇を割って侵入してくる。

「……ん、んぅ、んん……」

確かめるように、彼の舌が歯列を辿り、ぬるりと舌の裏側を舐めた。ぞくっと背筋が甘く痺れる。自分からも求めるように舌を絡ませた。

すると強く吸い上げられ、甘い痺れで意識が飛びそうになる。

「は、ふぁ、んんぅ」

舌の動きを通して、彼の熱量が自分にも伝染してきて、頭が煮え立ちそうになった。

いつしか夢中になって彼の舌に自分の舌を搦め、求め合った。

「ええ、こほん――続きは、どうかお屋敷に戻られてからで――」

背後で遠慮がちにヘルマン少佐が声をかけてきた。

二人はハッと顔を離す。

いつの間にか、帰還した兵士たちと出迎えの駐屯地の人々が、抱き合う二人を取り囲んでいた。

「あ……」

「うむ――」

あまりの嬉しさに周囲が見えていなかった。フレドリカは顔を真っ赤に染めた。さすがのユリウスも、ひどく気まずそうな顔になる。

「いやあ、いいものを見せていただきました」

ヘルマン少佐がいつもの調子で茶々を入れた。

人々から、どっと明るい笑いが湧き起こった。


駐屯地に戻ると、兵士たちもそれぞれの家族と再会を喜び合った。しかし、負傷者もそれなりに多く、すぐに兵舎の病院に運ばれた。残念ながら戦死者も少なからず出てしまい、戦勝の喜びに沸く中で、悲しみにくれる遺族たちもいたのである。

ユリウスとフレドリカも自分たちの屋敷に戻った。

浴槽でユリウスがゆっくりと汗を流している間に、フレドリカは清潔な着替えや冷たい飲み物を用意した。

「ああ生き返った。戦場では、身体を拭くこともままならなかったからね」

浴室から出てきたユリウスは、髪を洗い髭を綺麗に剃《そ》り、いつものぱりっとした美貌に戻っていた。

「お疲れ様です。居間に冷たい炭酸水を用意してあります」

フレドリカはユリウスの着替えを手伝いながら言う。

「嬉しいね、いただくとするか」

ユリウスが居間のソファに深々と腰を下ろすと、その膝にフレィがぴょんと飛び乗ってきた。

「フレィ、いい子にしていたか？」

ユリウスが首の付け根を撫でると、フレィは心地よさそうにゴロゴロと喉を鳴らした。

「フレィは毎晩、私と一緒に祭壇の前で、旦那様のご無事を祈ってくれていたのよ」

フレドリカは炭酸水の入ったグラスをユリウスに手渡し、彼の隣に座ると手を伸ばしてフレィの背中を撫でた。フレィは目を閉じてされるがままになっている。

ユリウスが目を丸くした。

「あなたはフレィと仲良くなったのだね？」

フレドリカは頬を染めた。

「ユリウス様を思う気持ちは、一緒ですから」

ユリウスがぐっと感極まるような表情になった。

彼は右手を伸ばし、フレィの背中を撫でているフレドリカの手の上に重ねた。

「フレドリカ――私は今回の戦から無事戻ったら、あなたに告白しようと思っていたことがあるんだ」

少し緊張感をはらんだ声に、フレドリカはハッとする。

「なんでしょうか？」

ユリウスは一瞬迷うような表情になったが、意を決したように話し出した。

「私はね――実はベンディクト公爵家の養子なのだ」

フレドリカは心臓がドキンと跳ね上がった。先だってのガスペル軍曹の言葉を思い出したのだ。

（大佐殿は犯罪人の子どもだぞ！）

脈動が速まるが、できるだけ落ち着いた声を出そうとした。

「そうなのですね。亡くなられた公爵様にはお子様がおいでにならなかったから……」

「それもある。だが――」

ユリウスの口元がかすかに震える。

「私は、元は王家の傍流の侯爵家に生まれたのだ。だが、実の父は反国王派の甘言に乗せられ、現国王の王位転覆を謀ったのだ。だが陰謀は実行される前に発覚し、父ら反国王派一党は逮捕された。そして、父は獄中死してしまった。母は反逆者の妻と世間に謗られるのを恐れ、屋敷に火を放って自死した。辛くも、当時三歳だった私だけが、ボリスの機転で救出されたのだ。国王陛下の周囲の者たちは、反逆者の息子の私を始末するべきだと主張した」

「そんな……！」

衝撃的な告白だった。

いつもは穏やかだが、軍人としては誰よりも雄々しく振る舞うユリウスには、曇りなど一点もないように見えたのだ。

生き返る前、フレドリカは自分の身の上の不幸ばかりを嘆いていた。ユリウスにも、壮絶な過去があったなどと、想像だにしなかった。

ユリウスは遠い目をして、訥々《とつとつ》と話し続ける。

「その時、ベンディクト公爵が国王陛下に私の助命を嘆願した。彼は私を自分の子どもとして籍に入れて育てると、そう申し出たのだ。国王陛下もベンディクト公爵の誠実な言葉に心打たれ、私に温情を下さった。私はベンディクト公爵家の養子になった——だが、王位転覆の陰謀は王家の瑕疵になるとして、公には厳密に伏せられた。事件のことも私の出自の真相も、知っている者は、王家の関係者だけでごくわずかだ。私ですら成長するまで、自分はベンディクト家のほんとうの息子だと思い込んでいたんだ——十二歳で陸軍士官学校に入学し、私は快活に勉学に励んでいた。学業でも軍事教練でも、私は常に一番であった。それを妬んだのだろう。王家ゆかりの侯爵家の同級生の一人が、親から漏れ聞いたらしい私の出自の秘密を口走った。私は衝撃を受けたよ。それで、ベンディクト公爵を問い詰めたんだ」

フレドリカは声を失う。ただ、息を詰めてユリウスの言葉に耳を傾けていた。

ユリウスのこんなに辛そうな顔を初めて見る。

「ベンディクト公爵は、真実を話してくれた。打ち拉《ひし》がれる私に、ベンディクト公爵は優しくしかしキッパリと言ってくれた。『私はお前を息子にしたことを、後悔したことは一度もない。お前はもっと努力し、誰もが認める立派な軍人になって、国に尽くしなさい。そして、いつかお前も、不幸な誰かを救ってあげなさい』と。私はベンディクト公爵のその言葉を胸に刻み、ここまで精進して生きてきたんだ」

ユリウスの声が震える。

「ベンディクト公爵は立派な父だった。私はあの人を実の父として、死ぬまで敬愛している」

フレドリカは心打たれ、涙が込み上げそうになった。

「では……だから、旦那様は、亡国の王女の私を娶ってくれたのですか。不幸な私を救うために……」

　ユリウスの遠かった目線が、すっとフレドリカに据えられた。

「そうだ。王命でもあったし、幼いあなたに同情したのも事実だ」

「そうでしょうね……同情で……」

　ユリウスは、亡き公爵の言葉を守り、同情と哀れみで結婚してくれたのだ。そんなことは、はなからわかっていた。

　すると、ユリウスは語気を強くした。

「だがフレドリカ、私は後悔しているんだ」

「え、同情で私と結婚したことをですか？」

「そうではない」

　ユリウスは首を振った。

「どうして、幼いあなたにもっと優しく接してあげられなかったのか、と。初めて握ったあなたの幼い小さな手は、ぶるぶると震えていた。もう怖がらなくていい、悲しまなくていい、私がずっとあなたを守ってあげる。そう、どうして言ってあげられなかったのか。あなたが私に心を閉ざしてしまったのも無理はない。私はずっとそれを後悔していたんだ」

「……旦那様……」

　ユリウスは左手を伸ばし、フレドリカの両手を握った。

「三年ぶりに帰還し、匂い立つような美しい乙女に成長したあなたが、私を初めて出迎えてくれた時、私はどれほど嬉しく心震えたろう。もう逃げない、あなたとまっすぐ向き合って夫婦として生きていこう、そう決心したんだ。そして——あなたがほんとうに愛らしくて可愛い人だと知り、私はね——」

そこでユリウスは言い淀んだ。頬にうっすら血の気が上り、とても言いにくそうだ。

フレドリカはまだ何か辛い告白があるのだろうか、と思った。

「旦那様、なんでもおっしゃってくださいい。私はどんな告白でも、受け入れますから」

真摯な声で言うと、ユリウスが目を瞬いた。そして、ひと言ひと言噛み締めるように告白した。

「私は、あなたに恋をしたんだ」

「っ——!?」

フレドリカは、ユリウスの出自の真実を告白された時よりも数倍衝撃を受けた。

聞き間違いかもしれない。思わず聞き返す。

「え、なんて……？」

ユリウスの目元がさらに赤くなる。

「生まれて初めて、恋に落ちた。毎日毎日、あなたの顔を見るたびに、その気持ちが深くなって——」

フレドリカは狼狽する。もしかして今、生き返った人生の中で、一番大事な局面に立っているのではないか。

ユリウスは一度口にして、気持ちの箍《たが》が緩んだのか、続け様に言葉を紡いだ。

「愛している、あなたを愛している。誰にも渡さない、私だけのものだ。あなただけを欲している——愛しているんだ、フレドリカ」

「あ……あ」

フレドリカは頭が真っ白になってしまう。

そんなセリフをユリウスから聞くなんて、思いもしなかった。それは、フレドリカが一番求めていた言葉でもあった。

胸にせつないくらい熱い気持ちが込み上げてきた。

ユリウスはわずかに声のトーンを落とした。

「だからこそ、今まで私の過去の秘密を告白できなかった。真実をあなたに打ち明けて、あなたを怖がらせて、再び心を閉ざされてしまうことが怖かった。恋を知った私は、臆病者になってしまったんだ」

「わ……たし……」

緊張で、口の中がカラカラになった。フレドリカはごくんと唾を飲み込み、震え声で告げた。

「私も、同じ気持ちです……」

ユリウスが目を見開き、息を呑む。彼もまた、意外な告白をされたのだろう。フレドリカは、自分も今、あんな表情をしているのだろうか、と思った。

感情のありたけを込めて告げる。

「あなたに恋しているのです」

ユリウスが、喉の奥でぐっとくぐもった声を呑む。

「ほんとうか?」

フレドリカはこくんとうなずいた。

「私も、三年ぶりに再会した瞬間、恋に落ちていたんだと、今でははっきりとわかります。旦那様と、夫婦としてやり直そうと言われ、日々を共に過ごしているうちに、どんどん好きという気持ちが大きくなっていったんです」

ユリウスの夜色の瞳に、ひりひりするような熱い感情が浮かんでいる。その眼差しに、心臓が破裂しそうなほどドキドキした。もう、この気持ちを伝えることに迷いはない。

「愛しています、私の命よりもずっと、あなたを愛しています。あなたの過去がどんなものであれ、そんなこと、あなたを嫌う理由になどなりません。だって、あなたのすべてを愛しているのですから」

「フレドリカ――」

ユリウスの声が震える。

彼がぐっと両手を引き寄せた。フレドリカはそのままユリウスの胸に倒れ込む。はだけたガウンの素肌を通し、ユリウスの破裂しそうなほど速い鼓動を感じ、身体中に甘い喜びが満ちていく。

「ああ、こんな日が来ようとは。あなたと相思相愛になれるなんて――」

ユリウスはフレドリカの髪に顔を埋め、深々と息を吸う。そのまま、髪や額に口づけされ、熱い唇がゆっくりと顔に下りてくる。

フレドリカは目を閉じ、口づけを待つ。

唇が重なった。

瞬間、甘い戦慄が背中を走り抜ける。

直後、互いの激情が爆発したかのように、嚙み付くような口づけに変わった。

「んんんっっ」

舌を求め合いきつく絡ませ、吸い上げ啜り上げ貪る。

「あ、あふぁ、あ、は、はああ……っ」

顔の角度を変えては与えられる深い口づけに溺れ、やがてユリウスが体重をかけるようにしてソファに押し倒してきた。

ぴったりと接触した下腹部に、ユリウスの欲望の漲りの熱量をありありと感じ、フレドリカの媚肉がざわざわ反応した。

熱い口づけを交わしながら、ユリウスが性急な動作でフレドリカのドレスを緩めていく。

「んぁ、は、はふ……ぅ」

フレドリカもユリウスのガウンに手をかけ、するりと脱がせた。湯上がりのつやつやした筋肉質の裸体が現れると、それだけで隘路の奥がきゅうんと締まりせつなく疼く。

考えたら、戦でひと月あまり肌を交わすことはできなかった。

そこに愛の告白が重なり、二人の官能の火は激しく燃え上がっていた。

生まれたままの姿になり、きつく抱き合う。

「もう離さない、ぜったいだ」

ユリウスはフレドリカの首筋に顔を埋めて低い声でささやき、両手で乳房をまさぐった。

「あ、ん……っ」

無骨な男の指先が乳嘴に軽く触れただけで、痺れる刺激が下肢に走り、たちまちそこが淫らに尖ってしまう。

ユリウスがフレドリカの両足の間に身体を挟み入れ、重なってくる。太腿の狭間に、硬く屹立したユリウスの欲望の形をくっきりと感じ、妖しい期待に心臓が高鳴ってしまう。

ユリウスが指の腹で乳首の尖りを緩急をつけて撫で回すと、あっという間に媚肉が飢えてきゅうきゅう収斂を繰り返した。その刺激だけで、子宮の奥が痛いほどざわめく。

「んん、あ、あ、や、だめ、あ、だめ……っ」

フレドリカは腰をくねらせて、身じろいだ。

まだ行為は始まったばかりだというのに、みるみる快楽が迫り上がってくる。

「や、やぁ、旦那様、やめて……乳首で、乳首だけで、あ、達っちゃうっ」

フレドリカはいやいやと首を振る。

しかしユリウスはさらに、硬く尖った乳首をきゅっと摘まみ上げてきた。ぞくぞくした刺激に、秘裂がぎゅうっと締まり、もう愉悦を止めることができない。

「あ、だめぇ、あ、も、あ、ぁ、達くっ……っ」

あっという間に絶頂に飛び、全身がびくびくと引き攣《つ》った。

「……は、ぁ、やぁ……こんな……」

フレドリカはあまりに猥りがましい自分の反応に、恥ずかしくてならない。

「可愛いね、乳首の刺激だけで達ってしまったの？　そんなに私が欲しくて、飢えていた？」

ユリウスが興奮した眼差しで見下ろしてくる。

「だって……だって……」

「私だって、ずっとあなたの肉体が恋しくて、堪らなかった」

ユリウスがフレドリカの右手を摑んで、自分の股間に誘う。フレドリカはおずおずと肉茎を握る。太い血管がいくつも浮き出た肉棒は、いつもよりもさらに大きく硬化していた。

「お、大きい……」

フレドリカはそろそろと手を滑らせ、剛直を撫でさする。すると傘の開いた先端から先走り汁が噴き零れ、ぬるぬると手を濡らす。

「あなたが欲しくて、こんなになっているんだ」

熱い吐息と共に、耳元で色っぽい声でささやかれると、内壁がずきりと疼きさざめく。自分でも驚くほど、股間が濡れそぼっていた。

「あ、あ、旦那様、もう欲しい、あぁ、お願い」

フレドリカは腰を揺らし、両足を開いて自ら誘う動きをした。

ユリウスが切羽詰まったような声を漏らす。

「そんな可愛くはしたなくおねだりされたら、とても抗えないよ」

ユリウスは右手をフレドリカの股間に潜り込ませ、綻んだ花弁を大きく開いた。そこに滞っていた愛液が、とろとろと溢れてくる。開いた陰唇の中に、男の欲望の先端がぐぐっと押し付けられた。

「ああっ」

蕩けきっていた入り口は、やすやすと肉槍を呑み込んだ。

「はあああぁっ」

蜜壺の奥まで深々と貫かれ、二度目の絶頂を迎えてしまう。

「ああ熱い――あなたの中、最高に気持ちいい」

ユリウスは胎内の感触を味わうように、しばらくじっとしていた。

「あぁ、はぁ、は、あぁ……」

感じ入った媚肉は、勝手に断続的にユリウスの欲望を締め付け、自ら快感を得ようとする。

「いやらしく締めてくるね、ほんとうに淫らになって――」

「んぅん、こ、こんな、私、いやですか？」

すでに次の絶頂が来そうで、フレドリカは息を乱してたずねる。自分でも呆れるほどにあさましい肉体になってしまった、と思う。でも、それがユリウスとの交わりのせいならば、もっと淫らになってもいい。

「いやなものか。私の手で、無垢《むく》なあなたが私にぴったりの肉体に変化していくなんて、思っただけで嬉しくて興奮してしまう。誰も知らない、私だけが知っているいやらしいあなたは、ほんとうに可愛い」

「う、れしい……」

フレドリカは両手をユリウスの背中に回し、盛り上がった筋肉を手のひらでゆっくりと撫でた。彼の肉体の、どこもかしこも愛おしい、と思った。

「もう、動くよ」

ユリウスがゆっくりと腰の抽挿を始める。

「あ、あぁん、はあ、あああぁん」

太い肉胴で鋭敏な膣襞を擦られる心地よさに、眩暈が起こりそうだ。

「ああ、すごいなフレドリカ、熱くてぬるぬるして締まって――すぐに持っていかれそうだ」

ユリウスが息を乱し、やにわに腰の動きを速めた。もはや余裕がないようで、がつがつと激しく抜き差しを始める。

「ああっ、あ、あ、すご、い、あ、だめ、あぁ、すごい……っ」

激烈に揺さぶられ、意識がどこかに飛ばされそうだ。

すらりとした両足をユリウスの腰に巻きつけ、夢中でしがみつく。

ユリウスがフレドリカの感じやすい気持ちのいい箇所を、ずくずくと突き上げてくる。

「はぁっ、あ、いいっ、あ、そこ……あぁ、いい、旦那様、いいのっ」

「ここがいいのか？」

ユリウスは心得たように、臍の裏側あたりのどうしようもなく感じてしまう部分を、エラの張った亀頭で抉ってくる。

それが堪らなく気持ちよくて、数えきれないほど達してしまう。

ユリウスとの睦み合いは、これほど悦かったろうか。もうダメになってしまう。でももっとダメにして欲しい。

「そこっ、ああ、もっと、もっと突いて、もっと、めちゃくちゃにして……っ」

自分がどんなに恥ずかしいセリフを口走っているかさえ、わからなかった。

「いくらでも達くといい、ほら、ここか？　もっとか？」

ユリウスは吐精感に耐えるように歯を食いしばり、繰り返しフレドリカを官能の頂に押し上げた。

「ああっ、あ、い、いいっ、ああ、気持ち、いいっ……」

頭も肉体も官能の悦びだけで満たされていく。

「私もとてもいい、フレドリカ、愛している、愛している、フレドリカっ」

ユリウスが激しい抽挿を繰り返しながら、くるおしく呼びかける。

「ひぁ、あ、わ、たし、も、愛してます、愛してる……っ」

理性が喜悦の渦に巻き込まれ、最後の絶頂を迎える。

「あ、あぁ、あ、も、あ、達く、あ、もう、もうっ……っ」

全身でイキみ、蜜壺がユリウスを追い上げるようにぎゅうっと締まった。

「く――っ、出る――っ」

「ああー、あ、あっぁああーっ」

二人はほぼ同時に極めた。

ユリウスの白濁の欲望がどくどくと胎内に注ぎ込まれる。

「……はぁ、は、はぁ……あぁ、いっぱい……」

愛する人の迸りを受け止めているのだと思うと、花襞が絶頂の余韻に小刻みに収縮し、さらに快感を得てしまう。

「――はあっ――は――」

腰の動きを止めたユリウスが、肩で息をしながら、潤んだ瞳でフレドリカを見下ろしてきた。

「――フレドリカ」

甘い声で呼ばれ、フレドリカも答える。

「旦那様……」

二人は深く繋がったまま、万感の思いを込めて見つめ合った。

もうこれで悪しき運命から逃れたのだ。

フレドリカはそう信じた。

第五章　まさかの愛する人の死？

その後しばらくは、駐屯地での生活は穏やかに過ぎていく。

フレドリカと心を通わせたユリウスは、もはや周囲に遠慮なく妻への溺愛ぶりを見せつけた。

朝は必ず一緒に朝食をとり、その日一日の予定を話し合う。ユリウスの支度はフレドリカ以外には許さず、行ってきますの口づけは忘れない。軍務の合間に余裕の時間ができると、フレドリカのために花や菓子を買いに出かけたりする。宿舎の妻たちと催す歌の会にも、ちょくちょく顔を出すようになった。そして、軍務が終了するとまっすぐに帰宅した。夜は、ずっとフレドリカと過ごす。フレィを撫でながら、ソファで談笑したり、暖炉の前でカードゲームに興じたりした。もちろん、ベッドでも濃密に愛し合い、快感を分かち合った。

無論、生真面目なユリウスのことなので、軍務に支障をきたすようなことはまったくなかった。が、これまで愚直なほど硬派で仕事一筋だったユリウスの豹変《ひょうへん》ぶりに、部下たちは多少引き気味である。

「大佐殿は完全に鼻の下が伸びておりますな」

と、ヘルマン少佐が突っ込んでも、

「そうか？　ふふ」

などと、にやけて返すので、さすがのヘルマン少佐も鼻白む有様だ。

ユリウスの壮絶な過去を知っているボリスだけは、ユリウスがようやく摑んだ幸せに、そっと嬉し涙を流すのだった。


ただ、二人の親密さを快く思わない者たちがいた。

アンドレアとガスペル軍曹である。

ガスペル軍曹は、たび重なる不祥事を起こしたことで、一兵卒にまで降格させられていた。ユリウスに横恋慕していたアンドレアと共に、二人の中にユリウスとフレドリカへの憎悪がたぎっていたのである。


だが、フレドリカはそんなことは知るよしもなく、未来の危機は回避できた、これで幸せな未来しか待っていない、そう信じきっていた。

だが、運命はどこまでもフレドリカに過酷だった。

――半年後。

ニクロ帝国軍はヒュランデル王国に対し、全面戦争の布告をしたのである。

ヒュランデル国王は、国民に非常事態宣言をした。

早急に、各地に散らばっていた軍隊が招集された。

フレドリカたちのいる駐屯地にも、国王の命令が届いた。

先に国境線にて、ニクロ帝国軍が侵攻してきた時の小競り合いとは違う、国同士の戦いである。

事態は風雲急を告げた。

ユリウスは王命を駐屯兵士たちに告げた後、真っ先にフレドリカを自室へ呼んだ。

フレドリカは恐怖で全身が震え、その場に卒倒してしまいそうだった。だが、ユリウスの態度はいつもと変わらず穏やかだ。

彼はフレドリカをソファに座らせると、その隣に腰を下ろし、落ち着いた口調で言った。

「とうとう国家戦争になってしまった。フレドリカ、私は王命で駐屯軍の騎馬大隊の隊長として、兵士たちを率い、国を守るべく最前線に出兵することになった」

「ああ……また戦争になるなんて……」

フレドリカは、絶望感で目の前が真っ暗になった。

やっとユリウスを死から免れさせ国の危機は回避され、未来は明るい方向へ向かっているのだと思っていた。

それなのに、さらなる大きな災厄が襲ってくるなんて——この国が戦渦に巻き込まれ滅ぶ道は、変えることはできないのか。もはや、フレドリカ一人の力ではどうすることもできないのか。

今度の戦争で万が一ユリウスを失ったら、もうフレドリカは生きてはいけない。

残酷な運命の女神は、フレドリカに二度、悲惨な死を与えようというのか。

ユリウスは真っ青な顔でうつむき口を閉ざしているフレドリカを、気遣うようにそっと手を握ってきた。

「あなたにとって、祖国を滅ぼしたニクロ帝国が、今度はこの国に攻めてくるというのは、地獄の恐怖だろう。だが、フレドリカ、絶望しないでくれ。私は、私たちは必ず凶悪なニクロ帝国を討ち破り、この大陸に永《なが》の平和をもたらす。あなたを二度と苦しめたりしない」

彼の口調は澱みなく自信に溢れている。その滑らかな声を聞いているだけで、胸の中の暗雲がゆっくり晴れていくような気がした。

先の出兵の時は、泣いて喚いてユリウスを引き止めようとしたことを思い出す。

けれど、今はそのような懇願する気持ちは不思議に湧かなかった。

ユリウスに生きて帰ってきて欲しい。その気持ちは、あの時よりももっともっと強かった。

だが、フレドリカの中で愛するユリウスの妻としての自覚が強く芽生えていた。

自分は軍人の妻だ。

夫が勇躍《ゆうやく》、戦に出ようとしているのだ。妻が無様な姿を見せて、彼の気勢を削ぐようなことをしたくない。

ユリウスの言葉を信じよう。

二人の愛が、悪しき運命の固い結び目を解くと信じよう。

フレドリカはゆっくりと顔を上げた。

そして決意に満ちた声で答える。

「ご武運を祈っております。あなたがこの国に勝利をもたらすことを確信しています。駐屯地のことは心配なさらないで。皆でしっかりと留守を守ります」

「フレドリカ――あなたはなんて――大人になったのだろう」

ユリウスが心底愛おしげに微笑んだ。

「もう、私に怯えて泣いてばかりいた少女はどこにもいないのだね」

フレドリカも微笑み返す。

「旦那様の愛情のおかげで、私も少しは成長したのですよ」

ほんとうは、喉元まで熱いものが込み上げてきて、気を張っていないと、わっと泣き出してしまいそうだったのだ。

でも、門出《かどで》に涙は禁物だと、必死で気丈に振る舞った。

ユリウスはそんなフレドリカの心中を察しているようだった。優しく頬を撫で、いたわるように額に口づけを落とす。

「あなたが私のことを思っていてくれるだけで、私はまったく死ぬ気がしない」

フレドリカは自分からもユリウスの頬に口づけを返しながら、答える。

「死ぬなどと不吉なことをおっしゃってはダメです。必ず勝って、無事にお戻りになることを信じています」

「もちろんだ」

「旦那様……」

「フレドリカ、愛しているよ」

数日後、武装を調えた兵士たちが駐屯地の広場に整列した。

ユリウスは、ぱりっとした下ろしたての軍服に身を包み、愛馬に跨って兵士たちの前に登場した。腰にきりりと巻いた金色の房飾りのあるサッシュは、この日のためにフレドリカがひと針ひと針に祈りを込め、夜なべで縫い上げたものだ。

兵士たちの列の背後には、彼らの家族が勢揃いして見守っていた。

ヘルマン少佐が号令をかける。

「気をつけ！」

一糸乱れぬ動きで、兵士たちが気をつけの姿勢になる。

ユリウスは隅々まで響き渡る声で、告げた。

「諸君。今回の戦は、これまでにない大規模なものになるだろう。しかし、ここで我が国がニクロ帝国を打ち破れば、これまで大陸を脅かしていた侵略戦争もなくなるだろう。この戦いに、我が国と大陸の永遠の平和がかかっているのだ。そのことを胸に刻み、どうか私についてきて欲しい」

力強いユリウスの言葉に、兵士たちの表情が引き締まった。

兵士たちの列の最後尾にいるガスペルだけが、仏頂面であった。このたびの国家総動員にあたり、怪我や病気の兵士以外は全員が招集をかけられたのだ。これまで仮病などで戦場に行くことを免れていた彼も、今回だけはさすがに従わざるを得なかったようだ。

ユリウスは言葉を切り、おもむろに背後に目配せをした。

「前回の国境戦で見事我が軍が敵を追いやったのは、私の勝利の女神のおかげだと信じている」

ゆっくりとフレドリカが前に進み出てきた。

ヒュランデル王国の旗の色である赤と白のドレスに身を包んだフレドリカは、凛と胸を張っていた。その凄烈な美しさに、その場にいる者全員が息を吞む。

フレドリカは、大きくはないが澄んだよく通る声で言った。

「皆さんの武運を信じています。必ずや勝利し、そして無事に家族のもとへ帰ってきてください」

そこには、初めてこの駐屯地にやってきた頃の、おずおずとした頼りなげなフレドリカの姿は、どこにもなかった。

兵士たちは誰もが心打たれて、気合を入れ直した面持ちになった。

ヘルマン少尉が号令を下す。

「大佐と奥方様に、最敬礼！」

兵士たちがいっせいに最敬礼した。

あまりに感動的な場面に、それまで残される家族たちは悄然《しょうぜん》とした雰囲気だったのが、みるみる明るい希望に満ちた空気に変わっていく。

ユリウスがフレドリカに、よくやったねと言うように力強くうなずいてみせる。

実は、出立にあたって兵士たちに鼓舞する言葉をかけたいと、フレドリカがユリウスに願い出たのだ。

無論、ユリウスはじめ戦場に赴く兵士たちの気持ちを奮い立たせたいという一心であっ

たが、自分の覚悟を決めるためでもあった。

運命を変えるなら、そこからもう逃げたりしない。立ち向かうのだ。

それこそが、死に戻った自分のやりかただ。

自分を信じよう。

ユリウスは腰の剣をスラリと抜くと高々と掲げ、号令を発した。

「回れ右！　出陣！」

進軍ラッパが吹き鳴らされ、兵士たちは足並みを揃えて進み出した。

見送りの人々が、口々に別れと激励の声をかける。

ユリウスは剣を収めると、馬の手綱を握った。そして、フレドリカに声をかけた。

「行ってくる」

フレドリカは気持ちを込めて答える。

「行ってらっしゃいませ」

ユリウスは馬首を返すと、大隊の中央に位置し、そのまままっすぐ兵士たちと共に駐屯地を後にした。

「どうか、生きてお戻りを、愛しています、愛しています」

フレドリカは胸の中で繰り返し、最後の一兵の姿が見えなくなるまで、その場で見送り続けた。

戦況は当初、一進一退であった。

ニクロ帝国軍は戦慣れしていて、統率の取れたヒュランデル王国軍でも簡単には討ち払うことはできなかった。

駐屯地を守るフレドリカは、毎朝毎晩、駐屯地に設えてある小さな聖堂で、ユリウスや兵士たちの無事を祈り続けた。その側には、フレィがぴったりと寄り添っていた。もはやフレドリカとフレィの間には、ユリウスを愛する者同士として、無二の親友のような絆が結ばれていた。

当初、ユリウスからは毎日のように伝書鳩の手紙が届いた。そこには、元気でいること、自国の勝利を信じて心穏やかに待っているようにとのこと、そしてフレドリカへの愛の言葉が綴《つづ》られていた。フレドリカは手紙を何度も読み直し、勇気と生きる希望を奮い立たせるのであった。

フレドリカはボリスの助けを借りながら、駐屯地の管理と、周囲の村々への配慮を怠らなかった。

小柄で華奢なフレドリカが、ユリウスの留守を預かり気丈に立ち振る舞う姿は、周囲の人々の胸を打った。

しかし――次第に戦況は混乱を極め始める。

各地で激戦が繰り広げられ、情報は錯綜《さくそう》しているようであった。

ユリウスからの連絡も間遠になった。フレドリカは押しつぶされそうな不安に苛まれながらも、ひたすらユリウスの無事を祈った。

それは、戦争が始まって三ヶ月ほど経った頃であった。

夕方、いつものように聖堂で祈っていたフレドリカのもとに、色を変えたボリスが駆け込んできた。

「奥方様、たった今、戦場からの緊急伝令が——すぐにお屋敷にお戻りください！」

「緊急ですって？」

フレドリカは嫌な予感がし、急いでボリスと共に屋敷に帰った。

玄関ホールに、泥まみれの姿のガスペルがへたり込み、アンドレアが水を飲ませている。

「ガスペル、あなたが伝令に？　緊急って……」

「奥方様」

ガスペルはその場に平伏し、しゃがれた声で告げた。

「大佐殿、前線にて敵に討たれ戦死なされました！」

「!!」

フレドリカは後頭部を鈍器で殴られたような衝撃を受けた。心臓が止まりそうになり、一瞬、聞き間違いかと思う。

「嘘……戦死だなんて……嘘よ！」

ガスペルが上着の懐から、薄汚れたサッシュを取り出して、差し出す。血糊《ちのり》がべったり付いている。フレドリカは呆然として声を失う。

「敵の数が多く、大佐殿のご遺体からこれを剝がすだけで精いっぱいでした」

「ああ……！」

フレドリカは震える手でサッシュを受け取った。それは確かに、出立前にフレドリカがユリウスに渡した手縫いのサッシュだった。絶望感に気が遠くなる。

「こんなこと……悪夢だと言ってちょうだい……！」

足元がよろけ、背後からボリスが素早く支えてくれた。ボリスは、呆然として声を失っているフレドリカの代わりに、ガスペルに問い質す。

「その情報は正確なのか⁉　味方の状況はどうなっているのだ？　ヘルマン少佐はどうなされた？」

ボリスが主人然として聞いてきたことに、ガスペルは少しムッとしたように顔を上げると、ぞんざいに答えた。

「なにせ、奇襲を受けて味方は大混乱でバラバラになっちまいまして。俺は命からがら、ようやくここまで駆けつけた次第で——国境近いこの地にも、すぐにもニクロ軍が押し寄せてきますぜ。奥方様、ここは見切りをつけ、首都のお屋敷にお戻りになるほうが安全ですぞ」

「そんな……そんな……無事にお戻りになるとおっしゃられたのに……」

このままこの国が滅んでしまうなら、前の人生の繰り返しではないか。

「奥方様、悪いことは言いません。この状況では、一刻も早く首都のお屋敷にお戻りになるほうが、お身の安全のためですわ」

アンドレアが横から口を挟む。

フレドリカは混乱しきって、頭がまともに働かなかった。

愛する人を失ってしまったのなら、もう生きる価値もない。今ここでユリウスの後を追って、死んでしまいたい。

自暴自棄な考えが、脳裏をよぎる。その時、ボリスが慎重な口調で言った。

「奥方様、とにかく状況がはっきりするまで、早急な決断はなさらないように」

ハッとして、わずかに理性が戻る。ボリスだってユリウスを失ってこの上なく悲痛な気持ちだろうに、彼はあくまでベンディクト家に忠実な執事の立場を忘れない。

「わ、わかったわ……ボリス、悪いけれど旦那様の悲報を皆に伝えてちょうだい……私、とても話せない……少しだけ、休ませて……」

途切れ途切れに伝えると、ボリスがうなずいた。

「わかりました。アンドレア、奥方様をお部屋にお連れして休ませてあげてくれ。ガスペル、ご苦労だった。ゆっくり宿舎で休むといい」
「へえ。俺もへとへとでさ。失礼します」

ガスペルはそそくさとその場を立ち去ってしまう。

フレドリカはアンドレアに付き添われ、部屋へ戻った。へなへなとソファに倒れ込んでしまった。アンドレアはフレドリカの背中をさすりながら、小声でささやく。

「奥方様、この僻地ではご主人様の供養もままなりません。取り敢えず首都に戻られて、心身ともにお休みになられることをおすすめしますわ。ここは、長年勤めている私が預かりますから、どうか安心なさって――」

フレドリカに反感を持っているようだったのに、ここにきて急に親切めかしたことを言う。それに、アンドレアはユリウスに長年仕えてきたのに、少しも悲しいそぶりを見せない。しかし、ユリウスの死の報告に動揺しきっていたフレドリカは、それを疑うことをしなかった。

「そうね……そうしようかしら。もうなにもかも、耐えられない……」

頭ががんがん痛んだ。首都の屋敷に逃げ戻って、以前と同じように閉じこもり、心を閉ざしてしまおうか、とすら思った。

「では、早急に侍女たちにお帰りの支度をさせますわね。失礼します」

アンドレアはなぜか浮かれた様子で退出した。

「ああ……旦那様」

一人になると、フレドリカは精根尽き果ててしまった。どっと涙が溢れてくる。

「旦那様、旦那様……」

肩を震わせてすすり泣いていると、猫用の扉口からフレィが入ってきて、そっとフレドリカに寄り添った。フレィはフレドリカの気持ちを察したように、小さな舌で頬を優しく舐める。

「ああフレィ、旦那様が亡くなったって……もうなにもかも、おしまいだわ……」

フレドリカはフレィを抱きしめ、とめどなく涙を流し続けた。

目が溶けるほど泣き腫らし、くたくたになっていつの間にか、うたた寝してしまったようだ。

ふっと目が覚めると、もう夜明け前だった。胸に抱き込んだフレィが、小さくにゃあ、と鳴く。

「ぁ……私、眠ってしまったの？」

屋敷の中も外も、死んだように静まり返っている。駐屯地の誰もが、ユリウスの死を悼んで息を潜めているようだ。

ボリスたちはフレドリカの気持ちを慮って、そっとしておいてくれたのだろう。

フレドリカはのろのろと起き上がった。

喉がカラカラで、何か飲み物が欲しくて侍女を呼ぼうと思ったが、こんな泣き腫らした顔を見せたくなかった。

机の上に水差しがあったはずだ。

窓際の机に近づくと、そこに封筒の束があった。

戦場からユリウスが送ってきた手紙の数々だ。毎日かかさず読んでいたのだ。

フレィがぴょんと机に飛び乗り、封筒の束を軽く蹴った。床に封筒が散らばった。

「フレィ、だめ、いけないわ」

慌てて床に屈んで封筒を拾おうとして、封筒からはみ出た手紙に気が付く。それを取って、読み返してみる。

「愛しいフレドリカ　戦況はこちらに有利に進んでいる。毎日あなたのことばかり考えている。早くこの戦に勝利し、あなたのもとに帰りたい。それまで、どうか、駐屯地の残された人々や村人たちを守ってくれ。あなたにしか頼めないことだ。あなただけを信じ、心から愛しているよ」

「うぅ……っ」

せつなさに再び涙が溢れそうになる。

だが、ユリウスの綺麗な筆記体文字を見つめているうちに、次第に心が静まってくる。

封筒を開き、次々と手紙を読み始めた。

「愛するフレドリカ　我が軍は意気軒昂だ。ニクロ帝国軍は敗走を続けている。安心して、留守を守って欲しい。あなたにたくさんのキスを送る」

「私のフレドリカ　戦争はまだ終わらぬが、勝機が見えている。あなたのもとに帰るのもそう遠くはないだろう。ボリス始め皆は元気でいるかい？　あなたは駐屯地の女主人として、きっと立派に振る舞っているだろう。残された皆を支えてやってくれ。愛を込めて」

どの手紙にも、溢れんばかりにフレドリカへの愛情が書き連ねてある。そして、必ず「後のことは、あなたに頼む」と記されていた。

「ああ……私ったら……」

ユリウスはこんなにもフレドリカを信頼し、留守を委ねてくれたのだ。

夫婦として、妻として、夫の遺志を守るべきではないか。きっとユリウスはそれを願っている。

まだ守るべき人々がこの地にいるのだ。

一人で逃げ帰ろうとしていた自分が、恥ずかしい。

胸の中は悲嘆で苦しくてどうしようもない。

でも、ユリウスの望みを果たしたい。

フレドリカは封筒をリボンできちんと束ねると、机に置き直した。

そして、呼び鈴を小さく鳴らした。すぐに、扉の外からボリスの声が聞こえた。

「奥方様、お呼びですか？」

おそらく彼は、フレドリカのことを心配して、ずっと扉の外に待機していたのだろう。

「ボリス、入ってちょうだい」

「はい」

ボリスが静かに扉を開けて入ってくる。彼も悲痛でげっそりとやつれた表情になっていた。悲しいのは、フレドリカだけではないのだ。

「皆には、旦那様のことを話してくれたの？」

「はい。誰もが悲しみに暮れております。ご主人様ほど立派な軍人はおられませんでした。また、当主としてあれほど素晴らしくお優しい方もおられませんでした」

「ごめんなさい、辛い役目をあなたに任せたりして。ほんとうは、妻の私がするべきことなのに……」

「そんな、お気を遣わないでください。一番お辛いのは、奥方様ですのに――」

ボリスが頭を下げる。

それから彼は、少し声を潜めた。

「実は奥方様。ガスペルの姿が消え失せてしまったのです」

「えっ？　どういうこと？」

「どうやら、奴は宿舎から遁走《とんそう》したようです。こんな時に、ほんとうに無責任な男だ」

フレドリカはため息をつく。

「あの人は放っておきましょう。それより、ボリス。日が上ったら、駐屯地の皆を広場に集めてください。私から旦那様のお亡くなりになったことについて、話そうと思うの」

ボリスが気遣わしげな顔になる。

「奥方様、ご無理はなさらなくても、皆、奥方様のお気持ちは充分わかっておりますよ」

「ええそうかもしれないわ。でも、私はどうしても話したいの。ユリウス様の妻として、きちんと話をしたいの」

ボリスが恭しく頭を下げる。

「承知しました。宿舎の全員に声をかけます。それと後で、なにか軽い食事を運ばせます。奥方様が倒れては、元も子もありません。食欲はないかもしれませんが」

「ありがとうボリス、いろいろと」

「いいえ。私もご主人様にくれぐれも奥方様のことをお守りするよう厳命されていますから。ご主人様のご命令を全うする所存です。この命ある限り、奥方様にお仕えします」

二代に亘《わた》ってベンディクト家を支えてきたボリスの言葉は、フレドリカの胸に力強く響いた。

死に戻る前の孤立無縁だった人生とは違う、とはっきりとわかる。

フレドリカは足元に擦り寄ってきたフレィを抱き上げ、頬擦りした。

「お前、私に旦那様の手紙を読んで元気を出せ、と、そういうつもりだったのね。ありがとう」

フレィがゴロゴロと喉を鳴らした。


日が上ると、フレドリカは侍女たちに喪服に着替えさせてもらった。どの使用人たちも、目を真っ赤にして泣き腫らしている。

そんな中で、なぜかアンドレアだけは元気そうだ。彼女は、着替えを済ませたフレドリカのもとにやってくると、ハキハキと告げる。

「奥方様、出立の支度を調えさせました。馬車の準備もできております。いつでも、首都にお帰りになることができますわ」

「ごめんなさい、アンドレア——私、戻らないことにしたの」

「え？　そ、それは、どうして——？」

アンドレアが狼狽えたような表情になる。そこにボリスが入ってきた。

「奥方様、皆を広場に集めました」

フレドリカはうなずく。

「今行きます」

「ご案内します」

ボリスに手を取られて、部屋を出て行こうとしたフレドリカに、アンドレアが慌てて追い縋る。

「お、奥方様、首都にお帰りになられたほうがよろしいです。ここにいて、どうなさるのですかっ？」

フレドリカは振り返り、静かに答えた。

「それを、これから皆さんに話します」

広場は喪服を着た人々で埋め尽くされ、皆が沈鬱な表情だ。

フレドリカが黒ずくめのドレスで現れると、誰もがその痛ましい姿に涙を溢れさせた。

フレドリカはゆっくりと進み出た。

ここにいる誰もが、ユリウスを失った悲しみを共有している。

フレドリカはか細いが澱みのない声で話し始める。

「皆さん、知っての通り、夫ユリウスは戦場で名誉の死を遂げました。あの軍神の化身のような方が亡くなるなど、今でも信じられない気持ちです。ほんとうに皆さんの悲しみ絶望は、いかばかりかと思います」

一番悲しいはずのフレドリカの、皆を思い遣る言葉に、あちこちからすすり泣きが漏れる。

フレドリカももらい泣きしそうになるが、ぐっと嗚咽を噛み殺した。

「でも、まだ私たちは生きています。戦争は続いています。私はユリウスの妻として、この地を託されました。皆さんの夫や息子や父たちは、まだ戦っています。勝利を信じ、ここを守りましょう。でも、戦火が迫っているなら、安全な地へ避難することも厭いません。私たちは、ユリウスの遺志を継ぎ、生き延びなければいけません。皆さん、生きて、生き抜いていきましょう」

最後のほうの言葉は、震えてしまった。

フレドリカの力強い言葉に、誰もが感動のあまり涙を忘れた。

広場は静まりかえった。

それから、兵士の女房の一人が声を発した。

「奥方様の言う通りだ。私らは、メソメソ泣いている場合じゃあないよ」

同意する声がさざ波のように広がっていく。

怪我で残っていた兵士の一人が、恭しく敬礼した。

「奥方様、我々はあなた様に命を預け、ご命令に従います！」

残留していた兵たちが、全員敬礼した。

「あ、あ……ありがとう、皆さん……」

フレドリカは全身に生気が溢れてくるような気がした。

ユリウスが遺してくれた人々の忠誠と信頼が、胸に迫ってくる。

ただ、アンドレアだけが、敬愛を込めてフレドリカを見つめる人々の輪からそっと離れていった。

その後、フレドリカはボリスを自室に呼び、葬式の準備の相談をしようとした。

するとボリスは、

「奥方様。自軍の現状もはっきりしていない上、ご主人様のご遺体もない現状です。忠義なヘルマン少佐なら、必ずやご遺体をお連れして帰還すると思います。それまで、葬式を正式に執り行うことは、日延べになさったほうがよろしいかと存じます」

と、意見した。

「そうかもしれないけれど——それでは旦那様の魂が浮かばれないままではないの？」

するとボリスはふいに声を潜めた。

「奥方様。私はよくよく考えたのですが、いくら戦況が混乱しているからとはいえ、あの無能なガスペルを、大事な伝令に寄越すとは思えないのです」

「え？　どういう意味なの？」

「うまく言えないのですが、奴は信用ならないと」

「まさか、ガスペルが虚偽の報告をしたというの？　そんな大それたことを……!?」

にわかには信じがたい。

「奴が脱走したことも気になります。正式な報告が届くまで、静かに喪に服すのがよろしいかと」

「もしかして、旦那様は生きておられるかもしれない、というの？　でも、あの血まみれのサッシュは……」

「戦場では、しばしば情報が混乱しがちです。どうかしばらく静観の構えで。今、私が戦線の情報を集めさせておりますゆえ」

ボリスの言葉には説得力があった。

「わかったわ」

胸の中にほのかな希望の火が点った。

翌早朝、フレドリカはこれまで通り、聖堂に祈りを捧げに出かけた。ボリスの話を聞いて、万が一の望みを捨てずにおこうと思ったのだ。足元にフレィがぴったりとついてきた。

毎朝毎晩の祈りの時は、フレィだけをお供に連れていく。

フレドリカは小さな聖堂の前に跪き、一心に祈った。

ふと、背後でかすかな足音が聞こえた。

「奥方様」

女性の強張った声が呼んだ。フレドリカはハッと肩越しに振り返る。

目の前に、調理用のナイフを握ったアンドレアが仁王立ちしていた。悪魔のような恐ろしい形相だ。

「死んでください」

アンドレアはさっとナイフを振りかざした。

「っ⁉　アンドレアさん⁉」

フレドリカは背筋がぞっとした。慌てて立ち上がろうとしたが、ずっと跪いていたので、足がもつれた。

「あっ……」

アンドレアが勝ち誇った顔で迫ってきた。

直後、シャーッと鋭い唸り声を上げて、フレィがアンドレアの顔面に飛びかかった。フレィはばりばりと前脚の爪でアンドレアの顔を引っ掻いた。アンドレアの肌から血が噴き出す。

「ぎゃあっ」

悲鳴を上げてアンドレアが怯んだ隙に、フレドリカは体勢を立て直し、屋敷の方向へ必死で逃げようとした。

「誰か……誰か来てっ」

息切れして、声がしゃがれてしまう。背後にアンドレアの殺気が迫ってくるのを感じた。

ぎゅっと後ろ髪を摑まれた。

「ああっ」

アンドレアに引き戻されそうになった瞬間、目にも留まらぬ速さでボリスが駆けつけてきた。彼はアンドレアに体当たりした。フレドリカは危ういところで、逃れる。

ボリスは手に持っていたステッキの柄をすらりと引き抜く。白刃《はくじん》が光る。仕込み杖だったのだ。

さっと剣が振り下ろされ、アンドレアは悲鳴を上げる間もなく、その場にどさりと倒れた。一刀両断にされ、彼女はぴくりとも動かない。

ボリスは息も乱さずフレドリカに顔を振り向け、聞いたこともないような鋭い声で叫んだ。

「奥方様、怪我はありませんかっ⁉」

フレドリカは恐怖で声も出せず、こくこくとうなずいた。

ボリスはほっと息を吐く。

「よかったです。危ういところで、間に合いました」

ボリスは素早く剣を収めた。そしてアンドレアの前に跪くと、首筋の脈を探る。その無駄のない動きは、普段から鍛錬している軍人のようだった。

「事切れております。しかし、自業自得です」

ボリスが小声でつぶやく。

「どうして？　なぜ、アンドレアさんがこんなことを……」

フレドリカはがくがくと足が震えて、立っているのもやっとだった。ボリスがさっと立ち上がり、フレドリカの背中をそっと支えた。

「――とにかくお部屋に戻りましょう。後始末は兵士たちにやらせますから」

次々襲ってくる災厄に、フレドリカは呆然としてしまう。

屋敷に戻ると玄関前に、後ろ手に縛られたガスペルが、残留していた兵士たちに囲まれてうずくまっていた。ボリスが兵士たちに目配せすると、彼らはガスペルから離れた。

ボリスはガスペルを見下ろし、フレドリカに告げた。

「逃走していたこの男を、村の者たちが見つけて捕らえてくれたのです。それで、悪事をすべて白状しました」

「悪事、ですって？」

「そうです、この男はアンドレアにたぶらかされ、戦線を勝手に離脱し、ここへ舞い戻って虚偽の報告をしたのです。旦那様が戦死したというのは、真っ赤な嘘でした」

「嘘……ああ、嘘、なのね……？」

フレドリカは安堵のあまり腰が抜けそうになった。

「ガスペル、奥方様にお前の口からご説明しろ」

ボリスがドスの利いた声を出す。ガスペルは生気がすっかり抜けた顔をのそりと上げ、ぼそぼそと話し出す。

「あの女が、奥方様を駐屯地から追い出すために、偽の情報を伝えろと言ってきたんだ。奥方様を悲嘆させ萎縮させて、首都に帰らせてしまえば、後はあの女が大佐殿のお帰りまで、ここを仕切るつもりでいたんだ。大佐殿がご帰還されたら、我が身の保身だけを考えて夫を見捨てて逃げた不名誉な妻だと、奥方様の悪口を大佐殿に吹き込むためだ。そうすれば、大佐殿も奥方様に見切りをつけて離縁なさるだろうと、あの女は考えたんだ。俺は大佐のサッシュを盗み、獣の血をなすりつけて持ち帰った。偽の報告をしたら、その足で国境を越えて脱走するつもりだった」

「そんなこと……なぜ、そんなひどい悪事を……？」

純真なフレドリカには、そんな恐ろしいことを考える人がいるなんて、想像もつかなかった。ガスペルが苦々しい笑いを口元に浮かべる。

「あの女は、大佐殿にベタ惚れしていたんですよ。だが、大佐殿は奥方様を溺愛なさって、他の女など一顧だにしない。しかも、奥方様は夫の死を知らされても、この地を決して離れようとしなかった。大佐殿が無事ご帰還されたら、自分の悪巧みが露見してしまうかもしれない。だから、追い詰められたあの女は、自分の手で奥方様を亡き者にしようとしたんだ。まあ、逆恨みの暴走ですな。恋に狂った哀れな女の末路でさ」

「余計なことを言うな。お前こそ、その哀れな女の色香に惑わされ、大罪の片棒を担いだのではないか！　上官への侮辱罪と名誉毀損、そして脱走兵は死罪に値するぞ！」

ボリスが鋭く叱責した。ガスペルはその迫力に震え上がったように押し黙る。

「信じられない、私を排除するために、旦那様が戦死したなどとひどい嘘を……！」

フレドリカはぎゅっと強く拳を握り締める。今までフレドリカは、誰かをこれほどまでに憎悪したことなどなかった。祖国を滅ぼしたニクロ帝国への恨みは大きかったが、それも諦めの気持ちのほうが強かった。

だが今、愛するユリウスを穢《けが》されて、許しがたいという気持ちが湧き上がっていた。そんな醜い感情に支配されてはならない。自分を抑えようと、真っ青になってぶるぶると手を震わせている時だ。

物見台のほうから、見張りの兵士が叫んだ。

「伝書鳩の緊急便が来ました！　大佐殿の直筆です！　な、なんと、大佐殿はご存命なのだ！　皆、大佐殿は生きておられるぞ！」

その場にいる者全員が、ハッと物見台を見上げた。兵士が手にした伝書鳩の脚の通信管から手紙を取り出し、大声で読み上げた。

「本日早朝。ニクロ帝国、全面降伏す！　戦争は我が国の勝利で終結！」

わあっと歓声が湧き上がった。

その声に、宿舎のあちこちから人々が飛び出し、こちらへ集まってきた。

皆、ユリウスが生きていたと知り、お祭り騒ぎだ。

「大佐殿がご無事だと？」「やはりあの方が戦死などするなんて、信じられなかった」「なんとめでたいことだ！」「大佐、バンザイ！」「我が国の勝利だ！」

フレドリカの中にくすぶっていた怒りは、あっという間に消え去っていた。そして純粋な喜びだけが胸を熱くさせる。

ユリウスが生きていた。無事だった。もうそれだけで、なにもかも許せる気がした。

「旦那様……勝利……戦争が終わったのね……！」

ボロボロと歓喜の涙が零れた。

見張りの兵士が、残りの文面を見て、わずかに戸惑う。

「ええと──次の文面は奥方様あてのようで──」

「かまわない、読んで差し上げろ！」

ボリスが景気のいい声で命じた。

見張りの兵士はうなずいて、駐屯地全体に響き渡るような声で読み上げる。

「我が勝利の女神、フレドリカに永遠の愛を誓う！　最速であなたのところへ帰る。早くあなたを抱きしめたい！」

「まあっ……」

フレドリカは顔が真っ赤になるのを感じた。

期せずして、人々から爆笑と盛大な拍手が起こる。

フレドリカは嬉しいやら恥ずかしいやら、さまざまな感情が入り乱れ、赤面したままただ立ち尽くしていた。

ヒュランデル王国は、全面降伏したニクロ帝国と即座に終戦条約を結んだ。その後は、ヒュランデル王国が優位な立場で、戦後処理に当たることとなる。

独裁者で好戦的なニクロ皇帝とその一族は粛清され、ニクロ帝国はヒュランデル王国の属国となった。

しかし、ニクロ帝国と違い、平和主義のヒュランデル国王は、ニクロ帝国民たちを、自国と同様の立場で扱い、戦前と同等の生活を保証した。もとより、独裁者の圧政に苦しんでいたニクロ帝国民たちは、ヒュランデル王国の支配を、逆に歓迎したのである。

しかし、そういったことの次第は後々のことである――。

終戦から一週間後。

喪服を脱ぎ捨てたフレドリカは、鮮やかな真紅のドレスを身に纏い、駐屯地の入り口に立っていた。彼女の足元には、首にドレスと同じ色のリボンを巻いてお洒落をしたフレィが座っている。背後には、ボリス始め晴れ着で着飾った駐屯地の人々が、目を輝かせて待ち受けていた。

丘を上って、勝利のラッパを響かせながら、ユリウスの率いる大隊が帰ってきた。

兵士たちは皆勝利に意気揚々とし、軍列の中央で愛馬に跨り颯爽《さっそう》としたユリウスの姿は、眩しいほど晴れがましく見えた。

フレドリカは瞬きもせずに、ユリウスの姿だけを見つめた。

愛する人が生きている。生きている。

それだけで、もうなにもいらない、と思った。

ユリウスは一際目立つフレドリカの姿を見つけ、素早く馬をこちらに走らせてきた。

「フレドリカー」

ユリウスが溌剌《はつらつ》とした声で名を呼ぶ。

「旦那様！」

フレドリカは手を振って応えた。

ひらりと馬を飛び降りたユリウスが、大きく両手を広げる。

フレドリカは躊躇なく、その腕に向かって飛び込んでいった。

ユリウスは小柄なフレドリカの身体を軽々と抱き上げた。

「お帰りなさい！　大勝利、おめでとうございます！　お帰りなさい！」

フレドリカはユリウスの逞しい首に縋りつき、泣きじゃくった。

「フレドリカ、留守をよくぞ守ってくれたね。これですべて終わった。もうあなたと二度と離れない。離さない、フレドリカ」

ユリウスの眦にも熱く光るものがあった。

懐かしいユリウスの肉体の感触を確かめるように、フレドリカはきつく抱きしめる。

ヒュランデル王国は滅びず、悪辣なニクロ帝国は全面降伏した。

もともと、この大陸を侵略戦争で混迷させていたのはニクロ帝国なので、これからはもう大きな戦争も起きることはないだろう。

ユリウスもフレドリカも、悲惨な死を遂げる可能性もなくなった。

フレドリカはユリウスの胸に顔を埋め、とうとう悪しき運命が消え去ったと確信した。

帰還した兵士たちも、それぞれの家族たちと再会を喜び合っている。

ユリウスとフレドリカの邪魔をしないよう、背後に控えていたヘルマン少佐が、いつまでもいちゃついている二人に、聞こえよがしにぼやいている。

「あーあ、私も早くいい娘を見つけて、所帯を持ちたいもんですなぁ」

そこへやってきたボリスが、恭しく頭を下げた。

「ご主人様、見事な勝利、おめでとうございます」

ユリウスはフレドリカを地面にそっと下ろすと、居住まいを正した。

「ボリス、妻を支えてこの地を守ってくれたことを、心より感謝するぞ」

「ベンディクト家の執事長として、当然の仕事をしたまでです。ところでご主人様、実はガスペルとアンドレアのことなのですが――」

ボリスは彼らの悪事を詳細に報告した。ヘルマン少佐も一緒になって話を聞く。

黙って聞いていたユリウスは、フレドリカがアンドレアに襲われそうになったくだりで、さっと顔色を変えた。側のフレドリカを抱き寄せ、真剣な眼差しでたずねた。

「どこも怪我はないのだな？」

フレドリカは深くうなずいた。

「はい。フレィとボリスが目覚ましい動きで、私を助けてくれました」

フレドリカの足元にまとわりついていたフレィが、嬉しげににゃあと鳴く。

ユリウスはほっと息を吐き、苦々しくつぶやく。

「そうか。アンドレアは昔から、私に思わせぶりな態度を見せることがあったが――私はまったく相手にしなかった。だがそのせいで、フレドリカを逆恨みするなんて――私ももう少し気を回すべきだった――」

ヘルマン少佐が取りなすように口を挟んだ。

「勝手な横恋慕なのですから、大佐のせいではないですよ。それにしてもガスペルめ、戦線離脱したかと思えば、下衆な真似をしやがって。あいつも極刑ですな」

「それにしても、私を救った時のボリスは、まるで剣の達人のようでしたわ」

フレドリカが感銘を受けたように言うと、ユリウスが顔を緩めた。

「当然だろう。ボリスは亡き父公爵の部下だったのだから」

「え？」

「ベンディクト家は代々軍人の家柄だ。父公爵も近衛隊長として長年王家にお仕えしていたんだ。ボリスは剣の使い手として、名うての兵士だったんだぞ」

「いえいえ、身体を壊して退役して執事となってからは、めっきり腕も衰えました」

ボリスは謙遜した。

フレドリカは目を丸くした。

「そうだったのですね。では、私の側には、いつも腕利きの護衛がいたということなのね。ボリス、ほんとうにありがとう」

フレドリカの心からの感謝の言葉に、忠実な執事長は満足そうに微笑んだ。

「さあ、一緒に家へ帰ろう」

ユリウスがフレドリカの手を取る。

「はい。お風呂の準備と、心尽くしのお食事の支度をしてあります」

「あなたは、最高の妻だ、フレドリカ」

ユリウスが身を寄せて愛おしげにささやいた。

最終章

――その後。

戦場で華々しい活躍をしたユリウスは、国王の命令により、国王直属の近衛騎馬大隊長の地位を与えられた。

十年以上、この地に駐屯していたユリウスは、ついに首都へ帰還することとなったのだ。

ユリウスとフレドリカが首都に出立するその日、駐屯地だけでなく周囲の村の人々も大勢集まり、別れを惜しんだ。

村長が、ユリウスに惜別の辞を述べる。

「この地は、大佐殿のおかげで長きに亘り、平和を守ってこられました。感謝の言葉をいくら尽くしても足りないほどです。どうか首都に戻られても、この地のことを時々は思い出してください。私たちはいつまでも大佐殿と奥方様の御恩を忘れはしません」

ユリウスはうなずく。

「無論だ。この地は私の第二の故郷のようなものだ。妻と共に、また必ず皆に会いに来る。

それまで、ヘルマン中佐にしっかりとここを守ってもらう」

「はっ、お任せください」

側で直立していたヘルマン中佐は、緊張しきった顔で敬礼した。

ヘルマンは昇進し、ユリウスの後任として駐屯地兵団をまとめていくことになったのだ。

かくして、ユリウスとフレドリカは久しぶりに首都の屋敷に戻ってきた。

先に屋敷に戻って、二人を迎え入れる準備をさせていたボリスが、使用人たちと共に出迎えた。

「お帰りなさい、ご主人様」

「お帰りなさい、奥方様」

久しぶりの屋敷の主人たちの帰還に、使用人たちは誰もが嬉し涙を浮かべている。

「皆、よく留守を守ってくれた。これからは、私たち夫婦はずっとこの屋敷に暮らすことになった。これからも、よろしく頼むぞ」

「皆さん、女主人としてはまだまだ未熟な私を、どうか支えてくださいね」

ユリウスとフレドリカの思い遣り深い言葉に、皆はさらに感涙に咽ぶのであった。

フレドリカの腕に抱かれたフレィは、新たな住まいとなる屋敷の中を、キョロキョロと物珍しげに見回している。

その後、ユリウスとフレドリカは手を取り合って中央階段を上り、夫婦の部屋に入った。

部屋の中は、隅から隅までピカピカに掃除が行き届いていた。

「ああ……懐かしいわ。なんだか古巣に戻ってきたような気持ちです」

フレドリカは南向きの窓を開け、そよ風を受けながら深呼吸した。背後からユリウスがやんわりと抱きしめてくる。

「ほんとうに、そうだな。あなたが私を出迎えに姿を現した時から、長い物語のようにいろいろなことがあった」

ユリウスがしみじみとした声を出した。

それはフレドリカも同じ気持ちだった。

ユリウス以上に、フレドリカは感慨深かった。

悲惨な人生から死に戻って、今度こそやり直そうと決意し、必死に模索しながら生きてきた。苦しいことも辛いことも失敗もたくさんあった。

でも、ユリウスを愛し愛されたことで、すべてが報われた気がする。

生き直すということは、愛し直すということだったのだ。

「あなたを愛せて、ほんとうによかった」

耳元でユリウスが艶かしい声でささやく。まったく同じことを彼も思っていたのだと、フレドリカは胸が熱く高鳴る。

顔を振り向け、頬を擦り寄せて答えた。

「私もです。あなたを愛して、ほんとうに幸せです」

「フレドリカ」

ユリウスの声が一段と色っぽくなり、端整な顔が寄せられ、唇が重なる。

「ん……」

しっとりとした口づけに、フレドリカの全身が甘くおののく。

ユリウスはフレドリカの腰に回した腕に力を込め、さらにぴったりと身を寄せた。触れるだけの口づけは、すぐに情熱的なものに変わる。

ユリウスの舌が唇を割り、口腔を掻き回す。ぬるぬると舌が絡み合い、その得も言われぬ官能的な刺激に、頭の中がぼうっと熱を帯びてくる。

「ん、んん……っ」

喉奥まで舌を押し込まれ、息が苦しくて顔を振り解こうとした。が、舌の付け根まで強く吸い上げられると、ゾクリとした快感が背中を走り抜け、全身からくたくたと力が抜けた。

「……ぁ、あふ……ぁ」

ユリウスは濡れたフレドリカの赤い唇をぺろりと舐め、恍惚《こうこつ》とした表情で見つめてくる。

「可愛いフレドリカ、愛している、あなたをもっと愛したい」

ユリウスは悩ましい低い声でささやくと、フレドリカを軽々と抱き上げた。

「あっ」

彼はそのまままっすぐ、奥の寝室へ向かう。屋敷に到着したばかりだというのに、睦事に及ぼうというのか。フレドリカは思わず身を捩る。

「だ、旦那様、まだ、荷解きもしていませんのに……」

「そんなもの、後でもかまわないだろう。どうせ、これからずっとこの屋敷に住むのだから」

ユリウスはがっちりとフレドリカの身体を抱き直し、そのままベッドの上まで運ばれてしまう。

押し倒されそのままのしかかられ、再び唇を奪われた。

「んんぅ、んっ、は、あ……」

ユリウスの舌は、フレドリカの口腔内の感じやすい箇所を巧みに舐め回す。そして、フレドリカの震える舌を何度も強く吸い上げては、深い快楽を与えてくる。

「はぁ、は、はぁぁ、ん」

身体の芯が淫らに熱くなり、下腹部の奥がきゅんきゅん疼き出す。

「ああ、堪らないな、そんな甘い声を出されては」

ユリウスはくるおしげにつぶやき、フレドリカの胴衣の前釦《まえぼたん》を次々と外し、乱暴にコルセットを引き下ろした。ふるん、とまろやかな乳房がまろび出た。

「や、あ」

ユリウスは両手で乳房を包み込みやわやわと揉みしだく。大きな手の中で、柔らかな乳房は自在に形を変え、彼の指先が乳嘴を掠めると、それだけでむず痒い刺激が子宮をつーんと甘く痺れさせた。

「始めの頃より、ずいぶんと大きくなった。身体の線もどこもかしこも艶めいて、すっかり女性らしくなって——男なら誰でも魅了されてしまう」

ユリウスは感慨深い声を出した。

「あぁ、ん、それは、旦那様の、せいです……」

フレドリカは目を潤ませて、切れ切れの声で答える。

「ふふ——可愛いことを言ってくれる」

ユリウスが胸の谷間に顔を埋める。さらさらした黒髪が肌を撫で、その感触にすらざわざわと媚肉はうごめいて反応してしまう。

ユリウスは両手で乳房を掬い上げるように寄せると、赤く色づいた乳首を交互に唇に咥え込んだ。それから、一番感じやすい右の乳首を口腔に含み、濡れた舌先でちろちろと弾く。そうしながら左の乳首を、指先で弄んだ。

「はぁ、あ、や、だめ、あ、舐めちゃ……」

甘くやるせない疼きが乳房の先端から全身に行き渡り、居ても立ってもいられない気持ちになる。下腹部にどんどん淫らな刺激が溜まり、腰がもじついてしまう。

「ふふ、あなたは乳首がほんとうに弱い。ここの刺激だけで、達してしまうものね」

ユリウスは胸元から顔を上げると、両手でくりくりと硬く尖った乳嘴をいじりながら、意地悪い声で言う。

「や、めて……言わないでぇ……」

すでに乳首だけで軽く絶頂を極めそうになっていたフレドリカは、羞恥に身体中が熱くなった。

「でも、今日はここも舐めてあげようね」

ユリウスは素早くフレドリカのスカートのホックを外し、嵩張《かさば》るペチコートと共に床に放り出した。下穿きも剝ぎ取られ、身に着けているものは絹の長靴下だけになった。

「あっ、やあっ、こんな格好……」

ユリウスは、フレドリカを睦む時に、なにか衣服の一部を身に着けたままにするのを好んだ。それはヒールだけ履いたままだったり、手袋の片方だったり、ネックレスだけだったり、様々なバリエーションがある。全裸になるより、よほど猥りがましい気がした。それが、さらに興奮に拍車をかけることになると知った。

ユリウスは乳房からゆっくりと顔を下ろしていく。

脇腹の線を辿り、臍まで辿り着くと、小さな窪《くぼ》みの周りをれろれろと舌で舐め回す。じんと子宮に直接届くような刺激に、フレドリカは腰をびくんと跳ね上げた。

「あっ、あ、あっ、やっ、お臍、やぁっ」

「ここも弱いね。あなたは、全身に感じやすい部分を隠し持っていて——私はそれを探し出すのが、とても楽しいんだ」

ユリウスは嬉しげな声を漏らし、身を起こすとフレドリカの両膝に手をかけ、大きく開かせた。

すでに潤んで綻んだ花弁が、ユリウスの目に丸見えになってしまう。

「まだ触れてもいないのに、花弁が真っ赤に熟れて蜜で濡れ光っているね」

「あ、やあ……あぁ……ぁ」

はしたない姿をユリウスに見られていると思うだけで、ひくつく隘路の奥から新たな愛蜜がとろりと溢れてしまう。

「すごくいやらしくて甘い匂いがぷんぷんする」

「もう、言わないで……」

フレドリカは恥ずかしさに顔を真っ赤に染めた。

ユリウスが股間に顔を近づけ、指で秘裂をゆっくりと暴く。ぽってりと膨らんだ陰唇が捲れて、びくつく内壁が晒される。

「あ、あ、だめ……」

ユリウスの突き刺さるような視線だけで、媚肉がじんじん痺れて快感を生み出す。

「赤い蕾がすっかり膨らんで、美味しそうだ」

ユリウスの熱い息が股間にかかり、その悩ましい刺激に内腿がぶるっと震えた。

「ほら、これからあなたの可愛い蕾を舐めてあげる。ちゃんと見ていてごらん」

ユリウスが焦らすようにゆっくりと陰唇の周りを舐めてくる。

「んあ、あ、や、ぁ」

「目を逸らしてはいけないよ、ちゃんと見るんだ」

命令口調で言われ、おずおずと自分の股間に目を落とす。

ユリウスの美麗な顔が恥丘に埋められ、包皮から顔を覗かせた花芽をぬるりと舐めた。

「あああ、ああーーっ」

舐められた瞬間に、雷に打たれたような強い愉悦が身体の中央を走り抜け、フレドリカは弓形に背中を仰け反らせて甲高い嬌声を上げた。あまりに凄まじい快感に、腰が逃げそうになる。

ユリウスは両手でフレドリカの足を押さえ込み、さらに秘玉を舌で転がしてくる。

「やぁああ、あ、あ、あ、あぁあぁー」

鋭敏な陰核を柔らかく舐め回されると、もうどうにかなってしまいそうなくらいに感じてしまい、フレドリカはびくびくと腰を浮かせた。

「もう、や、やだあ、舐めちゃ……あぁ、おかしく……はあぁん……も、もう達っちゃう、からぁ……っ」

官能の塊になった花芽を触れるか触れないかの力で舐め回され、時折どろどろの媚肉をしゃぶられると、それだけで何度も軽く達してしまった。

しかし、刺激を受けるだけ受けて飢えきった濡れ襞は、痛みを覚えるほどうごめき、ここを埋めて欲しいと苦しいくらい不満を訴える。

秘玉の刺激だけで繰り返し達かされてしまい、息も絶え絶えになって身体が波打つ。

「やぁ、もう、やぁ、達きたく、ない、のぉ……」

フレドリカは甘くすすり泣きながら、いやいやと首を振る。

ぱっくり開いた媚肉が、淫蜜を噴き零しながら、うねうねと収斂を繰り返す様を、ユリウスは凝視している。

「フレドリカのいやらしいここが、何かを欲しくてぱくぱく訴えているね」

意地悪いセリフにすら、甘く感じ入ってしまう。

「うう、ひどい、ひどいわ……」

焦れに焦れた肉体は、燃え上がるように熱くなり、もう堪えきれない。

思わず両手を伸ばして、自らの指を秘裂の狭間に押し入れていた。

「んんっ……」

ひんやりした自分の指の感触に、腰がぞくりと震える。自分で慰めた経験はまだないのだが、一度触れてしまうと、もう堪らず快感を指で探る動きをしてしまう。

「いやらしいね、自分で慰めてしまうのかい？」

ユリウスの揶揄うような言葉も、もう恥じらう余裕もない。ぬくりと自分の指を蜜口の中に捻じ込んだ。

熱い胎内が、細い指をきゅうきゅうと締め付ける。そこは、想像以上に熱くぬるつき、弾力のあるものだった。いつもこんなふうにユリウスの欲望を包み込んでいるのだと思うと、さらに興奮が昂った。

「ん、んん、指……が、あぁ……」

くちゅくちゅと蜜口を掻き回すと、心地よさに腰が浮く。

「なんていやらしいのだろう。自分で慰め始めてしまうなんて、ほんとうに我慢のできない子だね」

ユリウスはフレドリカの痴態を余すところなく見つめ、淫らな言葉で攻め立ててくる。

「んんぅ、言わないでぇ……だって、だって……」

「もっと奥へ指を挿入《い》れてごらん」

「ん、ん、こ、こう……？」

言われるまま、肉襞の中に指を突き入れる。ぎゅっと蜜壺が指を締め上げる。その淫らな動きに、頭がくらくらしてくる。

「ほら、お臍の裏側あたりの、あなたがどうしようもなく感じてしまうところを探すんだよ」

「あっ、ん、んんー……っ」

いつもユリウスの長い指を押し込まれ、せつないほど感じてしまう箇所を探り出す。そこをゆっくりと押し上げると、脳芯が蕩けそうなほどの喜悦が迫り上がってきて、下肢が強張ってくる。

「そうだ、いいよ、そのまま自分で淫らに達ってみせて」

ユリウスが低い声で指示を出す。

「いやぁ、あ、だめ、恥ずかしい、あ、だめぇ……っ」

自慰で極めてしまう姿など、見られたくない。なのに、指を動かすのが止められない。

迫ってくる快楽を極めてしまいたい。

ぐぐっと指を押し込む。

「あー、あ、あ、あぁ、ああ……っ」

脳髄が痺れるほどの快感が襲ってきて、フレドリカははしたなく果ててしまう。

「……はぁ、は、ぁ、達っちゃった……の……ぁあ……」

全身から汗が噴き出した。

「初めて自慰で達ったんだね。なんていけなくて可愛いのだろう」

ユリウスの右手が熱を持ったフレドリカの頰を愛おしげに撫でた。その感触だけで、隘路の奥がざわめいた。

媚壁はまだ足りないと、ぎゅうぎゅうフレドリカの指を奥へ引き込もうとする。だが、フレドリカの小さい手では、そんな奥までは届かない。

「あ、ああん、もう……っ、ねえ、ねえ、旦那様……っ」

フレドリカは焦れったく腰をくねらせた。

「どうしたの？」

わかっているくせに、ユリウスはとぼけたふりをする。

このまま放置されたら、おかしくなってしまうかもしれない。

フレドリカは粘つく指を媚肉から抜き去り、疼く花弁を指で大きく押し開いた。こぽりと新たな蜜が溢れてくる。

フレドリカは淫猥な声色で訴えた。

「旦那様、お願い、欲しいの……ここに、欲しい……」

「何が欲しいの？」

あくまで口で言わせようとするユリウスの意地悪さにすら、猥りがましく感じてしまう。

腰を突き出し、秘所を見せつけ、甘い声で懇願した。

「うう……旦那様のでここを満たして……旦那様の太くて硬いもので、思いきり突かれたいのお……」

ユリウスは満足そうにうなずく。

「よく言えたね、可愛いフレドリカ、ご褒美をあげよう」

彼は素早く自分の前立てを緩めると、すでに腹に付きそうなほど反り返った己が欲望を引き摺り出す。その雄々しい屹立を見ただけで、フレドリカの媚肉がきゅうんと甘く痺れた。

「あ、あぁ、あ、早く、早くぅ」

もどかしげに身をくねらせると、ユリウスがゆっくりと覆い被さってきた。

開ききった花弁に、熱い肉塊の先端が押し当てられ、その重い感触だけで濡れ襞はきゅうきゅう収縮して悦ぶ。

太竿がずぶずぶと媚肉を押し広げて、挿入されていく。

「はあああ、あああーあっ」

ようやく満たされた悦びに、フレドリカは甲高い嬌声を上げ、瞬時に達してしまう。

「んんう、は、はぁ、はぁああ」

最奥までみっしりと埋め尽くされ、フレドリカは恍惚として大きく息を吐いた。

「すごいね、こんなに締め付けて」

ユリウスが快感に息を乱した。

そして、やにわにずん、と深く突き入れてきた。

「はぁあぁあっ」

愉悦の白い矢で全身を射抜かれたような衝撃に、フレドリカは我を失う。

「すごく蕩けている。フレドリカ、あなたの中、気持ち悦すぎて――」

ユリウスはフレドリカの右足を肩に担ぐような体位にさせ、さらに結合を深め、ぐいぐいと腰を穿ってきた。

「あ、や、あ、そこ、あ、だめ、そこ、あ、当たる……当たって……」

奥の感じやすい箇所を的確に突き上げられ、フレドリカは重苦しい快感に繰り返し苛まれた。

「あ、あ、また……あ、また、達くっ……」

快感を極めた後に、余裕もなく次の快感が襲ってくる。

「ふ――これは私もダメになりそうだぞ」

ユリウスの苦しげな呼吸音にすら、甘く痺れてしまう。

「ああ、あぁぁ、いいっ、あぁ、すごく、気持ち悦い、旦那さ、まぁ、気持ち、いいのぉ」

もはやフレドリカは恥も外聞もなく、ただ淫らな欲望に突き動かされ、どんなに感じているかユリウスに伝え続ける。

「いいのか、フレドリカ、いいのか――私もっ――」

もはやユリウスも余裕がないのか、ただ息を弾ませ、激しく腰を打ちつけてくるだけになる。粘膜の打ち当たるぐちゅぐちゅという卑猥な音と、互いの喘ぎ声、そしてユリウスの律動にベッドが軋む音、それらの音が渾然一体《こんぜんいったい》となって、寝室の中に響き渡った。

程なく、最後の絶頂の大波が襲ってきた。

もう堪えられないほど極めた。

身体の隅々まで、ユリウスへの愛おしさが溢れてくる。

「ああ、旦那様、ぁあ、お願い、もうっ……」

フレドリカは必死で顔を上げて、口づけをねだる仕草をした。

「フレドリカ、フレドリカ」

察したユリウスが、身を屈めて口づけをしてくれる。

「んふぅ、ふあ、はぁ、は、はぁ……ぁ」

夢中になってユリウスの舌に貪り付きながら、彼の律動に合わせて徐々に自分も腰を使い出す。

ユリウスの剛直が突き入れられるタイミングで、ぎゅっと腰をイキむと、熟れ襞が太茎を絞り込むように巻き付く。

「奥に、吸い付く——最高だ、フレドリカ」

ユリウスが心地よさげに呻く。

「んんぅ、ん、も、もう、もう、来てぇ、一緒に、お願い、一緒に……っ」

身体がどこかに飛んでしまいそうな喜悦の感覚に、結合部からどろどろに蕩けてユリウスと一体化してしまう錯覚に陥った。

「ああ——達こう、一緒に、フレドリカっ」

ユリウスががむしゃらに腰を打ちつけ、フレドリカの全身ががくがくと大きく揺さぶられた。夢中になってユリウスの首にしがみつく。

「あ、やぁ、あ、あ、あ、だめ、あぁ、だめぇええええぇっ」

意識が真っ白に染まり、愉悦の頂点ですべてが瓦解した。

息が詰まり、なにもかもわからなくなる。

「フレドリカ——っ」

ユリウスが子宮口まで強く突き上げるのと同時に、フレドリカの熟れ襞も収斂を繰り返した。

次の瞬間、びゅくびゅくと熱い欲望の飛沫がフレドリカの胎内に吐き出された。

「あ、あぁ、あ……ぁ、あ……ん、んんん……」

二度、三度、すべてを出し尽くすまで穿たれ、そのたびにびくんびくんと腰が痙攣した。

「は――あ――」

ユリウスが大きく息を吐き、ぴったり繋がったままゆっくりとフレドリカの上に頽れてくる。

二人は快楽の余韻に浸りながら、ただ息を弾ませていた。

フレドリカは汗ばんだユリウスの首筋に顔を埋め、心を込めてささやく。

「愛しています……旦那様」

「愛しているよ、フレドリカ」

同じ熱量でユリウスが答えてくれる。

愛する人に身も心も満たされ、フレドリカはあまりの幸せに胸がいっぱいになる。

生きてこの人の腕の中にいられる幸福。

きっと、これからも――。

フレドリカはユリウスの汗ばんだ髪を撫でながら、これまでの生き様に思いを馳せていた。

悲惨な前の人生。生き直したいという渇望。死に戻った人生もまた、波乱の連続だった。

でも、常に前向きに生きてこられた。

ユリウスを愛して、逃げない人生を歩んでこられた。

「旦那様ありがとう……私、あなたを愛するために生まれ直してきたんです……」

小声でつぶやく。

気が付くと、ユリウスは心地よさそうな寝息を立てていた。長旅だったのだから、無理もないかもしれない。

それなのに、真っ先に愛し合ってくれた。

その寝顔は少年のようで、フレドリカは微笑ましくなってしまう。いつも凛々しい軍人である彼が、フレドリカにだけ見せる無防備さが愛おしくてならない。

フレドリカはユリウスへのさらに溢れてくる愛情に、目も眩みそうだった。

いつか——。

自分の数奇な運命を、ユリウスに打ち明ける日が来るのだろうか。

それとも、今生の人生を大事に、過去は忘れて生きていくのだろうか。

どちらでもいいと、思った。

どんなことでも、ユリウスなら受け入れてくれると確信が持てる。

ぼんやり考えていると、ふっとユリウスが目を覚ます。

彼は少し気恥ずかしそうに微笑んだ。

「すまない、うたた寝してしまったかな」

「ううん、かまわないわ。お疲れでしょう」

「いや、あなたを抱くのに、疲れることなんかないさ」

「ふふ、強がって」

「そんなことはないぞ」

二人は顔を見合わせ、くすくす笑い、小鳥の啄みのような口づけを繰り返した。

そして強く抱きしめ合い、互いの愛情を伝え合うのだった。


一年後。

ユリウスとフレドリカは、王城の国王陛下の御前に呼び出された。

フレドリカが王城に足を踏み入れたのは、十数年ぶりであった。

謁見室の玉座の階の前に、正装してユリウスと二人で跪いて待機する。

「国王陛下の御成《おなり》です」

呼び出し係の声と共に、衣擦れの音がし、玉座に着席する気配がした。

「ベンディクト公爵夫妻、わざわざ呼び出してすまなかったな。面を上げなさい」

重々しく声をかけられ、二人はゆっくりと顔を上げる。

玉座に、堂々として威厳のある国王陛下の姿があった。

フレドリカは、幼い頃に国王陛下とお目通りしているはずだったが、あの頃は恐怖と絶望に苛まれ、ほとんど記憶になかった。

国王陛下は穏やかな口調で話し出す。

「まず、あなた方に謝罪したい。ベンディクト公爵、長きに亘り、有能なあなたを僻地の駐屯地に追いやって、誠にすまなかったな。実のところ、私はあなたの忠誠心を見届けたかったのだ。亡き先代のベンディクト公爵を信じていたとはいえ、反逆者の子息ゆえのわずかな疑いも私の中にあった。だが、あなたは常に真実の愛国者だった。私の浅はかな疑惑を、心から謝罪したい」

国王陛下の誠実な謝罪を受け、ユリウスは恭しく答える。

「とんでもありません、陛下。私はあの地で多くの忠実な兵士たちと素朴な温かい村人たちに囲まれ、素晴らしい生活に満足して勤務しておりました。それはひとえに——」

彼はちらりと側のフレドリカを見遣った。

「愛する妻の献身的な支えがあってのことです」

フレドリカは頬を染め、嬉しげにユリウスに視線を返した。

国王陛下はそんな二人の様子を、微笑ましげに見ていたが、改めてフレドリカに声をかけた。

「公爵夫人、あなたも幼くしてこの国に人質として送られ、祖国をニクロ帝国に滅ぼされ、それは辛い人生を送られてきたと思う。私は国政に追われベンディクト公爵にあなたを任せきりにし、あなたになんの救いの手も差し伸べなかった。そのことも、謝罪したい」

フレドリカは率直な国王陛下の言葉に、胸を打たれる。

「いいえ、陛下。私は夫という最愛の人を得て、今はとても幸福です。陛下には夫と巡り合わせてくださって、感謝の気持ちしかありません」

心からの気持ちを込めて答えた。

国王陛下の目がかすかに潤んだように見えた。国王陛下はフレドリカに話を続けた。

「そのように言ってもらえると、私の心も救われる。そして、今日あなたをお呼びしたのは、ひとつの提案があってのことなのだ。私のあなたに対する罪滅ぼし、とも言える」

「なんでしょうか？」

「うむ。ニクロ帝国降伏に伴い、ニクロ帝国が併合吸収していた各国を、わが国の属国として分離させたいと、考えている。いずれ各国の政情が落ち着けば、独立も認めようと思う。そこに、あなたの祖国のエクヴァル王国も含まれる。あなたはエクヴァル王国の唯一の王家の血筋だ。どうだろうか？　エクヴァル王国の民たちのためにも、あなたが女王の位に就くことはできないだろうか？」

「えっ？」

思いもかけない申し出に、フレドリカは声を失う。ユリウスもさすがに驚いたような顔をしている。

失われた祖国が再建される。夢のような話だった。

望外な喜びが胸を熱くする。

あまりに感情が掻き乱れ、しばらくは答えることができなかった。心を落ち着かせ、考えを纏めようとした。

「陛下、この上なくありがたいお話です。祖国を失ったエクヴァル国の民たちが、どんなにか救われ喜ぶことでしょう。でも——私はまだ一国を背負うような器ではありません。確かに、エクヴァル王家の王女でした。しかし、私はこれまで王家の人間としての自覚を持って生きてきませんでした。民を束ねる王位に就くには、あまりに人間として未熟だと思うのです」

せっかくの国王陛下の厚意を断るような形になるのは、忸怩《じくじ》たるものがあった。

しかし、国王陛下は鷹揚《おうよう》に答えた。

「そうか。あなたの言葉は実に誠実で、私の胸に響いた。まだ各国を立て直すには、時間もかかろう。この話は、長い目でゆっくりと考えてくれまいか？　もし、エクヴァル国の民たちが、あなたを必要とする時期がきたら、またよき返事をもらえればよい」

寛大な国王陛下の言葉に、フレドリカは目に涙が浮かぶ。頭を深々と下げる。

「お情け深いお言葉、感謝します。お言葉を胸に深く刻み、いっそう精進して生きていこうと思います」

「うむ。そして、ベンディクト公爵――あなたはよい妻をお持ちだ。あの幼かった王女が、このような賢明な貴婦人になられるとは、夫たるあなたの薫陶《くんとう》のおかげだろう」

ユリウスが居住まいを正す。

「過分なお言葉、ありがたくちょうだいいたします。しかし、妻はもともとダイヤモンドの原石のように、素晴らしい品性を持っていたのです。私はそれを引き出す手伝いをしたにすぎません」

フレドリカは謙虚なユリウスの言葉に頬を染めた。

「夫婦円満でよきかな」

国王陛下は満足げにうなずいた。


王城を下り、帰りの馬車の中で、フレドリカは万感胸に迫るものがあった。

「まさか、失われた祖国が再建されるなんて、まだ夢を見ているよう……」

ほうっと深く息を吐くと、向かいに座って腕組みをして考え込んでいたユリウスが、ゆっくりと腕を解いた。

「フレドリカ――あなたのその華奢な肩に、どこまでも運命が重くのしかかってくるのだね」

「そうね。でも、私が一国の王女であったという事実は変えようもないわ。私はそれを受け入れて、生きていくつもりなの」

ユリウスは感に堪えないような表情になる。

「あなたは、とても強くなった」

「ふふ——旦那様のおかげです。旦那様に広い世界を見せてもらって、たくさんの人に出会い、二人で困難を乗り越え、私も人間的に成長できました」

ユリウスが右手を伸ばしてきて、フレドリカの手をそっと握った。

「フレドリカ。あなたがこの先、どのような生き方を選ぼうと、私はあなたの側にずっといる。死ぬまであなたを愛し、あなたを支える決意だ。だから、私のことを気遣わず、あなたの望むような人生を選んで欲しい」

なんと愛情深く誠実な言葉だろう。

フレドリカは、ぎゅっとユリウスの手を握り返した。

「私の望みは、あなたと同じです。ずっと旦那様と共に生きていきたい。他にはなにもいらないわ」

「フレドリカ——愛している」

愛おしさと幸福に胸が震える。

「私も愛しています」

二人は曇りのない眼差しで、いつまでも見つめ合っていた。

――この夫婦が新エクヴァル王国の女王とその王配になるのは、さらに先のことである。

あとがき

皆さん、こんちは！　すずね凜《りん》です。

今回の「死に戻り王女のやり直し溺愛婚～君を愛せないと言った軍人公爵様がとろ甘に迫ってきます～」（長いっｗ）はいかがでしたか？


ここのところ、異世界とか転生ものは定番なジャンルになっていますね。

人は生きていくと、失敗や後悔はつきものです。

私も、人より恥の多い人生を送ってきましたので、あの時からやり直せたらなあ、と思うことも多々あります。

ただ、結局どう足掻いても、同じ結果に行き着くような気もします。

タイムリープものの名作に「STEINS;GATE」というゲームアニメがあります。たまたまタイムマシンを得てしまった主人公が、大事な人の命を守るために、繰り返し過去に遡ってやり直すお話です。しかし、何度繰り返し時間を戻しても、なかなかうまくいかない。主人公の絶望感が加速していく中盤以降は、もう手に汗握る展開です。

このお話、もともとは息子が勧めてくれたものでした。

ある日、私が「なんか面白いアニメとかない？」とたずねると、息子が「STEINS;GATE」を勧めてきたんですね。

彼は、

「絶対感動すると思うけれど、母ちゃんは初見だから、最初の数話は我慢して観続けてくれ、絶対に途中で挫折しないで観てくれ」

と、念を押されました。

どういう意味かなあと思いつつ、一話目から観始めたのですが、すぐに息子の言っていた意味がわかりました。このアニメ、最初のうちはごくごく平凡な日常生活の描写から始まるのです。なんだ退屈だな、とやめてしまう人もいるかもしれません。でも、私は息子のアドバイスがあったので観続けました。とんでもなく面白かった。最終話まで観終わると、最初のほうの日常描写が実は深い意味をもってくるのだと気付かされるのです。

それ以来、私は息子の勧めるアニメに絶大の信頼を置くようになりました。

例えば以前は、私は古い人間なので、アニメのいわゆる「アホ毛」と呼ばれる、登場人物の頭に虫の触覚みたいにピンと立っている毛が苦手で、その類の絵のアニメは避けて通っていたのですね。

そうしたら息子がめちゃくちゃ「アホ毛」だらけのアニメを勧めてきたんです。

「いや、これはちょっと——」

と、二の足を踏む私に、

「母ちゃん、騙されたと思って観てくれ。ぜったい感動するから」

と、熱く推してきたんですね。で、しぶしぶ観出したんですが、これがまあ大号泣ものでした。以来、私は旧弊な偏見を捨てました。今は全然気になりません。

息子が「母ちゃん、騙されたと思って観てくれ」と言ってくると、ワクワクします。

さて、今回も編集さんには大変お世話になりました。お疲れ様でした。

また、華麗かつ可憐なイラストを描いてくださった森原八鹿《もりはらようか》先生には感謝してもしたりません。

そして、いつも読んでくださる読者の皆様に心より御礼申し上げます。

また次のロマンスでお会いできることを楽しみにしております。

死に戻り王女のやり直し溺愛婚
～君を愛せないと言った軍人公爵様がとろ甘に迫ってきます～

Vanilla文庫

2024年4月5日　第1刷発行　定価はカバーに表示してあります

著　者　すずね凜　©RIN SUZUNE 2024
装　画　森原八鹿
発行人　鈴木幸辰
発行所　株式会社ハーパーコリンズ・ジャパン
東京都千代田区大手町1-5-1
電話　04-2951-2000（営業）
0570-008091（読者サービス係）
印刷・製本　中央精版印刷株式会社

Printed in Japan ©K.K. HarperCollins Japan 2024 ISBN978-4-596-54031-7